講談社文庫

横濱エトランゼ

大崎 梢

講談社

横濱エトランゼ

元町ロンリネス

「お電話ありがとうございます。ハマペコ編集部です」

教えられたとおりの言葉で、千紗《ちさ》は電話に出た。

ときおり意味不明な問い合わせや無言電話がかかってくるので、相手の反応を待つ一瞬はいつも緊張する。幸い今日は明るい声が返ってきた。

「いつもどうも。元町《もとまち》の秋山《あきやま》です。小谷《こたに》さん、いらっしゃいます？」

首をひねって編集部の中を見渡す。彼の席はもちろん、フロアのどこにも姿はない。

「すみません。今、席を外しております。ご用件をうけたまわって、戻り次第お伝えいたします」

これもまた教え込まれた受け答えだ。言いながらメモ用紙とペンを準備する。

「用件というか、忘れ物なの」

「は？」

「ついさっき小谷さんが来たんだけど、本を忘れていったのよ。借り物って言ってたから、大切なものなんじゃないかと思って」

「少しお待ちください」

千紗は心の中で「まったくもう」とため息をつき、さっきからずっとパソコンにかじりついている赤いセーターのもとにすっ飛んでいった。小学生の娘を持つママさん社員だ。

「志田《しだ》さん、よっちゃん……じゃなくて小谷《こたに》さんがまたですよ」

保留ボタンを押しているので聞かれることはないが、千紗は手にした受話器を遠ざけながら訴えた。

「元町の秋山さんのところに忘れ物をしたんですって。どうします？　今すぐ取りに行きましょうか。借り物の本みたいです」

「あららら」

のほほんとした声に気勢を削《そ》がれる。「痩《や》せるひまもない」が口癖の人だけあって、やれやれというポーズも肉付きの良い上半身が少し動くだけだ。パソコンまわりにはクッキーやチョコレート、揚げせんべい、ポテトチップス、バウムクーヘンと、お菓子がぎゅっと詰め込まれている。

千紗にもときどき分けてくれるが、スカートのウエストがきつくなっているので気をつけなくてはと決意を新たにする。

「借り物はまずいわね。行ってくれる？」

うなずいて受話器を手渡した。保留ボタンを押して志田は営業用の顔になる。

「秋山さん、お忙しいところをお電話くださってありがとうございます。忘れ物だそうで、ご迷惑おかけしました。いえいえ、ほんとうに助かります。今すぐ伺いますね。ええ、私ではなく、今電話に出たのが。うちのバイトなんですよ。ほら、猫の手も借りたいって言うでしょう。猫の手ならぬ女子高生のバイトで、広川《ひろかわ》千紗と言います。お見知りおきください。若い子だからもうね、自転車でひとっ走りですわ」

やりとりを聞きながら千紗は席に戻り、途中まですすめていたメールの返信を保存した。椅子の背もたれにかけていたパーカを摑《つか》み袖を通す。電話を切った志田が「よろしくね」と声をかけてきた。

「元町の秋山さんって何屋さんでしたっけ」

「ブティック、というか洋装店ね。メインの商店街から一本、山手《やまて》側に入った通りなの。えーっと、仲通り商店街と言ったかしら。それに面しているの。戦前から続く老舗《しにせ》で、うちもよくお世話になっているわ」

くれぐれも失礼のないようにと言いたいのだろう。千紗は笑顔でうなずいた。新米バイトなので用事を任されること自体がまだまだ嬉しい。

地図を開いて確認し、目指す店に印を入れてもらい、自分のトートバッグにしまった。

「急がなくていいのよ。くれぐれも安全運転でね」

志田の声に見送られ、千紗は自転車の鍵を手にフロアから飛び出した。

週一でフリーペーパーを発行している横浜タウン社は、関内《かんない》駅から徒歩六分の場所にオフィスを借りている。雑居ビルの三階だ。創業は三十八年前。大手新聞の系列会社としてスタートし、当初は「横浜ウィークリーニュース」という名前で市内全域に無料の情報誌を配布していた。競合他誌が誕生するにつれ、生命線とも言える広告収入が減少し、一時は存続の危機にも見舞われたらしい。

そこで十五年前、現社長が大幅なテコ入れに乗り出した。タウン誌のエリアを桜木《さくらぎ》町《ちょう》から根岸《ねぎし》までに絞り、地元密着の情報を丹念に取り上げ、誌面の充実を図ると同時に人脈を生かし社史編纂《へんさん》や自費出版の部署を立ち上げた。守備範囲が有数の観光地であるという強みを武器に、年に数回は外部向けのガイド誌も手がけている。

狙いは今のところかなり当たり、毎号順調に発行できるくらいにはトントンでまわっている。親しみやすさを重視し、名称も十年前に変更した。「ヨコハマ・ペーパー・コミュニティ」略して、「ハマペコ」だ。女性受けしそうな略称のために、正式名はこじつけという説もあるが、定着しているのだから結果オーライ。ハラペコに聞き間違えられるのもご愛嬌《あいきょう》だそうだ。

自他共に認めるやり手の経営者、チームを引っぱる編集長も兼ねている現社長は滝《たき》井《い》富辰《とみたつ》、四十五歳。ずっと独身で絶賛婚活中とのことだが、一ヵ月前に持病のヘルニアを悪化させて倒れた。

救急病院に担ぎ込まれ三週間の入院を余儀なくされ、やっと退院したものの、自宅療養を厳命されている。不摂生《ふせっせい》による肥満も災いし、毛が生えたように強いはずの心臓にも負担がかかっていたらしい。

おとなしく静養に努めれば半年程度で職場復帰できるだろうと医者に言われ、本人は青くなった。命に別状がないのはめでたいが、毎週の締め切りは容赦なくやってくる。数週間はベッドからの指示でなんとかなっても数ヵ月は厳しい。なにごとにも舵《かじ》を取るべき船長は必要だ。

けれどその船長（代理）、舵取りを任せられるような人材が、ハマペコ編集部には欠けていた。

千紗は月極駐車場内に設けられた契約者専用駐輪場から自転車を引っ張り出し、スカートの裾《すそ》に気をつけながら跨《また》がった。通称ペコちゃん号。赤いフレームがキュートなママチャリだ。午後の授業が一時間だけだったので二時半には学校を出て、編集部に着いたのが三時過ぎ。時計を見ればすでに四時に近い。日の暮れるのが早い時期なので太陽は早くも傾いていた。

学校からの直行だったので制服のままだが、白いブラウスにチェックのプリーツカート、紺のハイソックス、グレーのスニーカー、これに紺のパーカを羽織っているので少しは私服っぽく見えるだろう。

頭の中に地図を広げながらゆっくりペダルを踏む。ビルとビルの間に延びる細い路地を東に向かって漕《こ》ぎ出す。荷物の積み降ろしをしている宅配便のトラックや業務用のライトバン、駐車場の入り口で待つ乗用車などをよけ、ほんの数分で交差点に出る。長い赤信号を待ち、渡れば左手に大木が見えてくる。奥にあるのは横浜スタジアムだ。

さらに二本、大通りを渡って進むともう中華街。真っ先に迎えてくれるのは赤い円柱に支えられた善隣門《ぜんりんもん》だ。

千紗は自転車のスピードを緩《ゆる》め、門の向こうをちらりとうかがった。生まれも育ちも横浜だけど、海から離れた内陸なので港の近辺には疎《うと》い。中華街にも馴染《なじ》みがない。食事をしたのもほんの二、三回。「たまにはおいしい中華でも」という親や祖父母に連れられやってきて、軒を連ねたけばけばしい原色の店舗にすっかり気圧《けお》された。

小さな雑貨がぎっしり詰まった間口の狭い店で、髪飾りやパンダのマスコットを眺めるのは面白かったが、心躍るような楽しさは味わえなかった。親と離れ迷子になったら二度と家には帰れないような不安にかられ、それこそ赤い靴の女の子はこういうところで人さらいに遭《あ》ったのではと暗い想像が広がった。料理店の前に立つ客引きのお兄さんも、片言で話すウェイトレスの女の人も恐かった。

今もたいして変わっていない。サドルに跨がったまま猥雑《わいざつ》な路地をのぞきこみ、寄り道しようとは思わないのだから。子どものころからお転婆だの元気が良すぎるだの言われていたけれど、じっさいは恐がりのびびりだ。

(それでいいんだよ)

ふいに声がよみがえる。

(気になっている証拠だからね。無関心よりずっと脈がある)

なんか苦手、おっかないんだもん、という幼い日の千紗にかけられた言葉だ。

よっちゃんこと小谷善正《よしまさ》、二十五歳。千紗より七つ年上で、隣の隣の家に住み、昔から不器用で野暮ったくて気が弱くて、入社三年目にして編集長代理を押しつけられてしまった。

「なーにが『いいんだ』よ。忘れ物なんかしちゃって」

やれやれと、大人くさく首を左右に振ってから、千紗は再び強くペダルを踏んだ。間もなく二つ目の門が現れる。今度はよそ見をしない。漕ぎ続けると、細い路地の先に高速道路の側壁が見えてきた。その下をくぐれば元町だ。

目的の店は商店街の一本裏手にあるらしい。地図を見直して路地に入り、千紗は自転車から下りた。注意深く左右を見ながらハンドルを押して歩く。平日とはいえ裏の小径《こみち》にも行き交う人がいて、喫茶店やら雑貨店やらに吸い込まれていく。

ハマペコでも取り上げた店があるはずだ。にわかに芽生えた仕事目線でアクセサリー店、美容院、ネイルサロンとたどって行くと、ショーウィンドウの内側に「アキヤマ」という看板をみつけた。

ブティックというより洋装店、志田の言葉を思い出す。悪い意味ではなく、たぶんいい意味で。マネキンがまとっているのは上質そうなハーフコートだ。膝下《ひざした》までのキュロットスカートをはいて足元はアーガイル柄のタイツ。品良くまとまっている。

おそるおそる中をのぞくと華やかな笑い声が聞こえてきた。お客さんがいるらしい。外で待とうとも思ったが、雰囲気からするとすごく話が弾んでいる。常連客ならば長くなるかもしれない。

千紗は「こんにちは」というにこやかな挨拶《あいさつ》をイメージして中に入った。本を受け取ってすぐ帰れば迷惑にならないだろう。

「いらっしゃいませ。あら？」

奥にいた女性が千紗に気づくなり、目をくりっと見開いた。スカーフを何枚も手にした女性も振り返る。どちらも中年女性だ。間口の狭い店だが奥は深い。高校生の千紗には馴染みのない服が陳列されていた。

「すみません。先ほどお電話をいただいたハマペコの者です」

「あーあ、アルバイトさん？　ほんとうだ。お若いお嬢さんね。かわいらしい」

「いえ、そんな」

「今どきねえ。手足が長くて顔が小さくて。身長は百六十くらい？　ボブカットがよく似合って。最近、短めの髪が流行《はや》っているのよね」

営業用のスマイルで臨んだつもりだが、相手の年季にあっさり負ける。愛想《あいそ》満点の女の人は、すかさずお客さんらしき人に説明した。

「ハマペコっていうタウン誌のバイトさんなのよ。ハマペコは見たことあるかしら」

「知ってる。レストラン紹介やバーゲン情報が載っているわよね」

「そうそう。昼過ぎにうちにも取材があったんだけど、忘れ物をして……」

試着室らしきカーテンの脇に小さなテーブルセットが置いてある。そこに目をやって、女の人は首を傾《かし》げた。

「へんねえ。忘れ物の本、他のと紛れないよう、ここに出しといたんだけど」

「ミホさんじゃない？　さっき、やけに立派な大きな本を眺めていたわよ」

「あら困った。うちのじゃないのに。持って行っちゃったのかしら」

「そこでしょ。角の」

女の人は深くうなずき、千紗に「ごめんなさいねえ」と言った。

「申し訳ないけれど、二軒先にある『リラの木』っていう喫茶店に行ってもらえる？　マスターに『ミホさん』って言えばすぐわかるわ」

「ここのオーナーマダムよ。春先や秋口ならテラス席だけど、今頃はもう中ね」

千紗は笑顔で会釈し、ありがとうございますと言って店を出た。

ふたりの言う「リラの木」はすぐみつかった。焦げ茶色の格子窓や扉がシックで落ち着いた雰囲気の、女子高生には入りづらい大人びた店だ。深呼吸をしてから扉を押し開く。中は思ったより広かった。トレイを手にした男の人が千紗に気づくなり、いらっしゃいませと声をあげる。あわてて首を横に振った。

「ミホさんって方、いらっしゃいますか。ちょっと用事があって。そこのアキヤマさんで教えてもらってきました」

「ああ。ミホさんならあちらですよ」

促されて板張りの床を歩いた。窓際の奥から二番目、こぶりのボックス席に花柄のニットをまとった女性が座っていた。気配に気づいて顔を上げる。えらの張った四角い顔立ちに、目尻の下がった小さな目、丸い鼻、薄い唇《くちびる》。美貌《びぼう》の老婦人とは言いがたいが、ウェーブのかかった銀髪がきれいにまとまっている。お化粧も完璧なので、とてもエレガントだ。

「いきなりすみません。私、ハマペコ編集部の者です。先ほど、うちの小谷がアキヤマさんに本を置き忘れてしまい……」

「本って？」

聞き返され、千紗はぎごちない笑みと共に指先をテーブルに向けた。ミホさんなるマダムはティーカップの脇にそれらしい本を置いていた。表紙に堂々たる客船が描かれている。編集部で千紗も見かけたのでまちがいない。

「ああこれ、忘れ物なの？　だったらあの人ね。眼鏡《めがね》をかけてひょろりとしてて影が薄くて顔も細くて」

ずばりなので笑ってしまった。マダムもオホホと笑う。

「なんて言ったかしら、彼」

「小谷です」

「そう、小谷くん。しょっちゅうやるのよ。写真を撮り忘れたりメーカー名を聞き忘れたり」

「帰ったら、よく注意しておきます」

「あら、あなたが？　いいわね。しっかりしてる。おいくつかしら」

「十八歳の高校三年生です。ちょっと前からハマペコ編集部でバイトしてます」

座るように言われ恐縮したが、マダムはさっきのウェイターを呼び寄せ、千紗に飲み物を尋ねる。

「紅茶？　コーヒー？　甘い物が苦手でないならココアもおいしいわよ。ご馳走《ちそう》するから一杯飲んで行きなさいな」

とまどっている間にも注文はココアになり、千紗はマダムの向かいに腰を下ろした。

「この本、昔の横浜が載っているでしょ。懐かしくてつい持ち出してしまったわ。ごめんなさいね。こんなにすぐ取りに来る人がいるとは思わなくて」

「すみません」

「あなたが謝らなくていいのよ。かわいらしいわね。高校三年生なら……来年の春に卒業？　受験勉強とかはいいのかしら？」

「推薦が決まったんです。ぎりぎりですけど、なんとか」

「だからバイトもできるのね。ふーん」

時間に余裕が持てるようになったら、ハマペコ編集部で働いてみたいというのは前々から言っていた。絵が描ける千紗はイラストで誌面を飾ったこともある。まんざら夢物語でもないと思っていたところ、いきなり滝井編集長が倒れた。

従業員は社員やパートを含め善正以外に五人いたが、家庭のある志田は早々にこれ以上は無理と宣言し、本来なら一番戦力になるべき三十代半ばの独身男性は、長期にわたる引きこもり明けの社会復帰中なのでこれまた無理が利かない。もうひとりは七十代の男性で、定年退職後にやる気を買われて再雇用された。広告営業を精力的にこなすタフな人だが、年に数回、海外旅行に出てしまう。編集長が倒れたときも三週間のアラスカクルーズに出発したばかり。残りのふたりは社史編纂や自費出版を担当していてタウン誌の経験がまったくない。

消去法で役がまわってきたのが善正だった。大学時代からのバイトを含めればキャリア五年。ついに本気を出すときが来たなと社長に言われ、サポートするからと志田に励まされ、引きこもり明けの八木沢《やぎさわ》には頼むよと拝まれ、アラスカから壮大な朝焼けの写真が届いた。善正にしても後には引けなかったらしい。

話を聞いて千紗もまた意気込んだ。推薦入学が決まった時期だったので少なからず運命も感じた。小さなカットから四コマ漫画までなんでも描くし、雑用もこなすと善正に掛け合い、その頃から顔見知りだった志田に頼んで編集長の見舞いにも連れていってもらった。

押しの一手が功を奏し、めでたくも採用となったのだけれども。

「タキちゃんの具合、それからどう？　ちゃんと休んでいるのかしら」

滝井編集長のことだと気づくまで十秒くらいかかった。

「元気みたいです。仕事のことはすごく気になるようで、家でできることはやってます。原稿のチェックや経理事務など」

「おとなしくできない人よね。こういうときこそゆっくり本でも読めばいいのに」

言いながらマダムは手を伸ばし、客船の描かれた表紙をめくった。

見開きの両面いっぱいに古地図が載っている。右上に書き込まれた注釈をたどれば、一八六八年（慶応四年）だそうだ。

「昔の横浜港ですよね」

慶応という年号は明治よりも前のはず。

まわりは薄い水色で、それに囲まれたベージュ色の部分は陸地だろう。黄色の直線が一、二センチの間隔で縦横に走り、「本町一丁目」「太田三」「太田四」などと細かく書き込まれている。

目が慣れてくると、まわりの水色のうち左右と上部も陸地のような気がしてくる。真ん中の陸地と橋で繋《つな》がっているのだ。下はまちがいなく海。マストのてっぺんに旗をなびかせた帆船の絵が三つ四つ描かれている。わかるのはそれだけ。

「この地図、今で言うどのあたりなんでしょう」

手がかりとなるような地名がみつけられない。

「山下公園の周辺かしら。ペリーの黒船来航は今でも学校で習っているの？」

「はい。でもほんとうにそれくらいしか知らなくて」

「あなたの住まいはこの近く？」

「いいえ。戸塚《とつか》の奥です。横浜市の外れで藤沢《ふじさわ》市のすぐそば」

マダムは目尻の皺《しわ》を深くし、「そうなの」とうなずいてから次のページをめくる。大きな煙突が二本並ぶまっ白な船が現れた。日米間を結ぶ客船、コスタリカ号だそうだ。太平洋を行き来していたらしい。

青空をバックに万国旗をひるがえす壮麗《そうれい》な姿に、思わず「タイタニックみたい」と言いかけ、千紗は呑みこんだ。大きな船を見るとすぐにそれだよねと、善正にたしなめられたことがある。

マダムの指がゆっくり動き、次に現れたのは桟橋《さんばし》を歩く女の人たちだ。ウエストをきゅっとしぼったロングドレスをまとい日傘を差している。こういった姿ならば千紗にも馴染みがあった。

「当時の外国の人たちですね」

運ばれてきたココアをすすめられ、ありがたくいただく。甘くておいしい。窓の外に目をやれば、白い建物の壁がほのかに黄みを帯びていた。日暮れが間近だ。店の中は温かいが、外は冷えてきただろう。

「昔は居留地ってとこに外国の人が住んでいたんですよね。このそばでしたっけ」

いつの間にかマダムが町中らしい写真を眺めていたので千紗は話しかけた。バイト中の身としては目的のものを受け取り、さっさと引き上げねばならないだろうがココアはおいしい。冷ましながらゆっくりりすする。

「元町はもともと、外国人のためのお店がたくさん集まってできた町なのよ。うちも昔は輸入物の家具を扱う店だった。主人が生きていた頃ね」

「洋装店ではなく？」

マダムはやんわり微笑《ほほえ》んだ。

「創業は明治で、それこそ居留地に住む人相手に主人の祖父が商いを始めたそうよ。でも時代の流れもあって、家具よりも雑貨が売上げを支えてくれるようになり、アクセサリーやバッグ、ショールも喜ばれた。主人が病気をしてからは思い切って洋装店に切り替えたの。なんのかんの言っても『アキヤマ』は『アキヤマ』だもの。私の代で潰《つぶ》さずにすんでよかった。そう思うことにしているの」

お年はいくつくらいだろう。千紗の祖母は七十代の前半だ。それよりも上ではないかと思う。様変わりしていく商店街の中で、大変なことがいろいろあっただろうが、老舗の看板を守ってきたという自負がのぞく。

「あなたはまだ二十歳前のお嬢さんよね。いいわね、肌がすべすべで目も澄んでいる。私にもそんな頃があったわ。信じられないかもしれないけどほんとうよ」

茶目っ気たっぷりに言われ、千紗は顔を上げて口元をほころばせた。

「おうちが戸塚ならば、この近くにあった階段のことは知らないかしら。百段もある長い長い階段だったのよ。それを使って丘の上と商店街とを、よく行き来したものよ」

「階段？」

急いで窓の外に目を向けると、マダムは片手を大きく横に振る。

「今はもうないの。でも昔は前田橋《まえだばし》に立つと、それはもう、一直線にそそり立つように見えたんだから」

「そんなすごい階段、私も見たかったです」

「ねえ。ほんとうに残念でたまらない。亡くなった主人とも肩を並べてよくのぼったわ。半ばのところに踊り場があってね、そこで振り向くと、足元に元町通り、家並みの遥《はる》か先には船の浮かぶ港。海はいつもきらきら光っていた。耳を澄ますと汽笛も聞こえ、丘も町も潮の香りのする風に包まれる。不思議ね。昨日のことのように浮かぶわ。主人も階段も、若い頃の私も、思い出の中では生き生きと輝いている。きっと永遠の命をもらっているのね」

柔らかい声に乗せて過去を語るマダムの横顔は、とても優しく寂しげで、きれいだった。

千紗にも汽笛が聞こえたような気がした。遠くできらめく海を求めて視線を動かせば、細い路地のそこかしこに黄昏《たそがれ》が忍び寄っていた。

本を受け取り編集部に戻るとすでに日没、外は真っ暗だった。

途中で連絡を入れたので心配はされていなかったが、ココア一杯分、サボっていたようで気が引ける。と思ったら、善正はありがとうを三回も唱えて喜んでくれた。

千紗が手渡すと袋から出してさっそく眺めまわす。二日ぶりのバイトだったので善正に会うのも二日ぶりだ。相変わらずの寝癖に安物っぽいチェックのシャツ、さっき起きたとしか思えないようなぼんやりした顔。ちっとも編集長（代理）らしくない。

このかっこうで今日も広告取りに励んだようだ。成果は誰も聞かない。アラスカクルーズの次はケープタウンのテーブルマウンテンと張り切っているシルバー人材、海《え》老《び》原《はら》敬造《けいぞう》の出国を、春先まで引き留めたいと編集部の誰もが強く思っている。

千紗の見守る中、善正の手が本の表紙をめくる。先ほどの喫茶店と同じ光景だ。

「その地図、マダムと一緒に見たよ」

仕事中は敬語や丁寧語を使わなくてはと思うのだけれど、ついついいつもの口を利いてしまう。

「マダム？」

「アキヤマさんとこのオーナーマダム」

「ああ、ミホさんね」

「ココアをご馳走してくれた。そういうの、よくなかった？」

「大丈夫だよ。でも今みたいに報告してね。何かの折にお礼を言っとくから」

にっこり微笑まれて、千紗は半分だけうなずき、半分ドキドキする。顔に出ないよう頬を引きしめ地図を指差した。

「ここって山下公園のあたりって聞いたけど、ほんと？」

「ほんとうだよ。海に突き出しているのは大《おお》さん橋《ばし》。番地が書いてあるのは桜木町から石川町にかけてだね」

水色に囲まれたベージュ色の部分だ。善正の指がぐるりと指し示す。

「このあたり全体を関内と呼んでいた。上の部分は関外。今の伊勢佐木町《いせざきちよう》界隈だね」

「昔は関外もあったの？」

今あるのは「関内」だけ。冗談を聞いている気分だ。

「開国を迫られ、幕府としては長崎の出島《でじま》みたいなのを作りたかったらしい。下は海だろ。左右と上は川などの水路で囲まれている。橋を使わなければ中には入れない。監視するにはうってつけだ。関所の内側という意味で『関内』じゃないかな」

「へえ」

「ちなみにこの地図で言う右側が野毛《のげ》。左側が山手だ。千紗ちゃんが今日行ったのはここかな」

善正の人さし指が古地図の一ヵ所で止まる。なんだか汽笛が聞こえてきそうだ。ボーッ。

「よっちゃんならきっと知ってるよね。昔ここに百段階段っていうのがあったんだってね。前田橋からだと、そそり立つように見える一直線の長い石段」

子どものころから見慣れてきた顔がパッと輝く。

「うん。今は跡形も残ってないのがほんとうに惜しい」

「だね。マダムから聞いたの。マダムも昔、使っていたんだって。旦那さんとの思い出もあるみたい。すごく懐かしそうに話してくれた」

「え？」

いかにも怪訝そうに聞き返す。

「階段を使っていたのが誰だって？」

「だから、マダムよ」

「本人が言ったの？」

「そうだよ。元町と山手をつなぐ階段だったんでしょ？　途中に踊り場があって、そこで振り返ると家並みの先に海が見えたって」

チェックのシャツがくるりと背中を向け、壁に並んだ本棚《ほんだな》から薄い冊子を引き抜く。千紗を手招きし、見えるようにページを開いた。

「これが元町百段だ」

モノクロの写真が数点掲載されていた。どれも真ん中にすらりと長い階段が延びている。マダムの言った通りだ。

「関東大震災で崩れ、それきり再建されなかったんだ」

「だから今はもうないんでしょ。知ってるよ。聞いたってば」

「千紗ちゃん、関東大震災が起きたのは大正十二年の九月一日だ。大正時代は十五年までで、そこから年号が昭和に変わる。アキヤマのミホさんは昭和の生まれ。たしか、昭和一桁と聞いた。ということは、ミホさんが生まれたときにはもう階段はなかったことになる」

意味がわからない。すぐには呑み込めない。

弱々しく「は？」と声が出る。ちがうよと首を横に振る。

懐かしいと言っていた。黄昏の光が格子窓から見える喫茶店の椅子に腰かけ、昨日のことのように浮かぶと話してくれた。

あれはいったいなんだったのだろう。

編集部のある関内から自宅の最寄り駅までは市営地下鉄で一本だ。

途中のターミナル駅に千紗の通う高校がある。朝はそこで降りて学校に行き、バイトがあるときだけ関内まで足を延ばす。帰りはターミナル駅を通過してまっすぐ最寄り駅だ。

改札口を抜けて階段を上がっていくと、吹きさらしのがらんとした地上に出る。ここはどこ、と毎回言いたくなってしまう。

地下鉄に乗っていたのは二十数分なのに、ビルや街路樹はおろか、一軒の店屋もなく、ついでに言うと人通りすらほとんどない。少し歩けば畑やビニールハウス、草ぼうぼうの空き地が目につく。寒々しい眺めだ。

多くの人にとって横浜は異国情緒の漂うおしゃれな港町だろう。レトロな建物を横目に中華街を抜け、丘に登れば古い洋館があり、船の停泊する桟橋が見える。ベイブリッジや観覧車、ランドマークタワー、帆の形を模したホテルと、新しい施設や建物とも調和し、最近ではテレビドラマのロケ地としても有名だ。

それを思うと目の前の光景はまるで別世界。じっさい何もかもがちがう。ちがうのでかまわなかった。修学旅行の訪問先で土地の人に「どこから来たの？」と尋ねられ、「横浜」と答えるときの晴れがましさ。あれを味わわせてくれるだけで十分だ。行政区画上、同じ市にくくられているだけ、というのもよくわかっている。

だからこれまで気にしたこともなかったのに、今日はマダムの出来事があったからひどくわびしい。善正は宥《なだ》めるようなことを言ってくれたけれど、気持ちは浮上せずにとぼとぼ歩く。マダムはなぜ、見てもいない風景を自分に語ったのだろう。

千紗の自宅は十四年前、両親が購入した中古の一戸建てだ。父親は厚木《あつぎ》市にある自動車工場に勤め、母親は今でこそ近隣のホームセンターでパートとして働いているが、越して来てしばらくは大変だった。一年目の秋、二歳半になった弟、隆也《たかや》の心臓に異常がみつかったのだ。

重症ではなく、様子を見ながら場合によっては手術という診断がくだされ、以降、各種の検査やそれに伴う入退院がくり返された。親も本人も、いつ急変するともしれない病状に翻弄《ほんろう》され、千紗の生活も一変した。

ひとりで留守番できるような年ではなかったので、たびたび病院に連れて行かれたが、弟の病気は完治まで長くかかる。幼稚園はさておき小学校は休みづらい。父方も母方も実家は地方で、日常的にはあてにできず、何度かは幼稚園の友だち宅が預かってくれたが、乳幼児のいる家庭はそれこそ急に熱が出たり、予防接種があったり、習いごとがあったりと忙しい。

困り果てていたところ、隣の隣の家に住む小谷家が救いの手を差し伸べてくれた。うちはふたりとも大きいから、もう手がかからないの。千紗ちゃん、おばちゃんちでママとタカくんを待ちましょう。学校の宿題も大丈夫。見てくれるお兄ちゃんがいるわよ。

千紗が小学校にあがる春、善正は中学二年生。善正の兄、宏和《ひろかず》は遠方の大学に進学し、すでに家から離れていた。

「ただいま」

玄関ドアを開け中に入り、ぼそっとひと言だけ言って二階に上がった。

自室の床に鞄《かばん》を投げだし、ひんやりとしたベッドの掛け布団に倒れ込む。目を閉じていると今日一日の出来事が脳裏をよぎった。前半の学校部分は教室のがやがやざわざわで過ぎ去り、問題はやはり後半だ。自転車から見た中華街や元町商店街、たどり着いた洋装店、喫茶店、鮮やかに浮かぶ。そしてマダム。

ウェーブのかかった銀髪や、入念にしたであろう、けっこう厚塗りのメイク、首元の皺とネックレス、艶《あで》やかな花柄のニット。細かいところまで覚えている。

千紗はがばりと起き上がり、机に置かれたスケッチブックを手に取った。白い紙に鉛筆で輪郭を描いていく——。

「千紗、何やってるの。帰ってるんでしょ。晩ご飯は？　どうかしたの？」

「何でもない。今行く」

「お肉焼くからね。すぐ降りてらっしゃい」

ざっと目鼻を描いたところで手を止めた。次のページをめくり、中央に長い直線二本と短い横線を無数に入れていく。百段階段だ。

善正の見せてくれたモノクロ写真。実物をこの目で見てみたい。

「ちょっと、千紗」

「わかった。着替える」

着込んだままだった上着を脱ぎ、ジャージやトレーナーに着替え、階下に降りて洗面所で手を洗った。醬油の焦げる香ばしい匂いがしてくる。リビングルームに入ると、ソファーにだらしなく座った父親がテレビの旅番組を見ていた。温泉特集らしい。母親は味噌汁をよそいながら「外から帰ったらうがいもしなさいよ」と険しい声で言う。

「これから風邪の流行る時期なんだから」

返事はせずに千紗は自分の茶碗にご飯をよそった。

「今日のバイトはどうだった？　何やったの？」

「いろいろ」

「もう。あんたにいろいろできるわけないでしょ。ちょっとでも失敗したらすぐ辞めるのよ。わかってる？　よっちゃんに迷惑かけたら、ママだって顔向けできないわ。図々しくしちゃダメよ」

「ちゃんとやってる」

「だから、何をやったの」

母親というのはどうしてこう口うるさく、知りたがり屋なのだろう。豚の生姜焼きを食べながらポテトサラダがやけに多いと思ったら、「あっ」と素《す》っ頓狂《とんきょう》な声を出される。

「いけない。隆也とまちがえた」

「だよね。食べきれない」

「待って。手を付けてないとこ戻すわ」

自分の方がよっぽどうっかりミスをやらかしているじゃないか。言うと十倍になって返ってくるのでサラダの皿を前に押し出した。

手術を無事に終えた弟はその後の経過も良好で、小学校に上がる頃には日常生活に支障がないまでに回復した。中三の今は受験に備えて塾通いをしている。

「あんたも心配だけどよっちゃんもだわ。急に編集長を押しつけられたりして、大変なんでしょ？　帰りは毎日遅くて、徹夜もあったりして、休みはほとんどないらしいの。小谷さん、ずいぶん心配してるのよ」

母親同士、話をするのだろう。黙々と食べていると「何か言いなさい」と言われてしまう。

「忙しいのは前からみたいだよ。編集部のみんなも協力してるし、大丈夫じゃないかな」

「よっちゃんの体調は、千紗がよく見てあげてね」

「うん」

思わず締まりのない顔でうなずいてしまい、あわてて最後の肉に箸《はし》を伸ばす。

「それにしてもタウン誌の編集部って大変なのね。記事を書くだけじゃなく、広告をいっぱい取ってこなきゃいけないって聞いたわ」

「無料で配っているんだから、作る費用も人件費も広告収入でまかなうんだよ」

「イベントの写真を撮ったり、レストランを食べ歩くような仕事だと思ってたのに」

「私も」

母親が「ねえ千紗」と声の調子を変える。

「あんたも本や雑誌を作るような仕事がしたいの？」

「なんでよ、急に」

「急に、今のアルバイトをやりたがったでしょ」

千紗が推薦で受かったのは造形デザインが学べる学部だ。将来の夢としてはグラフィックデザイナーやキャラクターデザイナー、ＣＭプランナーなどを思い描いている。なれるかどうかはさておき。あくまでも夢として。

「編集の仕事に興味があるの？」

別に、と言いかけて、それもおかしいかと思った。いつになく強引に、やりたいやりたいと騒ぎ、時給その他の条件はなんでもいいからと潜り込んだのだ。

「忙しくなきゃ雇ってくれないだろうけど、忙しすぎるのも問題よ。身体を壊したら元も子もないんだから」

「仕事じゃなくて」

だったらなんだという母親の視線が痛い。

「横浜のことを全然知らないから、いい機会だと思ったの。ハマペコってほら、扱うエリアが桜木町や関内、元町でしょ。これぞ横浜ってところだもん。面白そうじゃない」

「ふーん」

「ママよりずっと詳しくなっちゃうよ。今日もね、お使いがあって元町のブティックに行ったんだ。高そうなお店だった。素敵なコートとかショールとか置いてあってさ。あれ、いくらくらいだろう」

「なんて店？」

「うーんと、カタカナで『アキヤマ』。ママの知ってる商店街の一本奥の通りにあるの。オーナーはおしゃれな銀髪のマダム。近くの喫茶店で紅茶を飲んでた」

「老舗かしら。有名店かもしれないわね。常連客ってみんなお金持ちなのかしら」

すごく庶民的な発想だ。情けないが自分もほぼ同じ。

「それよりも、ねえ百段階段って知ってる？」

母親だけでなくソファーに座っている父親にも「パパ」と呼びかけた。ふたりとも「さあ」と首をひねる。

「今はもうないんだって。でも昔は元町にあって、ブティックのマダムが懐かしそうに話してくれた。よく、上り下りしていたみたい」

「へえ。初耳」

「そんなのがあったのね」

「関東大震災で崩れたんだよ」

「ああ、地震か。横浜もずいぶん揺れたんだよな」

「こわいわねえ。階段は危ないわ」

父親も母親も口々に言うがそれだけだ。今の話に不審を抱かず、マダムの年も聞かれない。気づかないのは自分だけではないらしい。

それがわかっても千紗の心は晴れず、悶々《もんもん》としてしまう自分を持てあました。

次にバイトに出たのは翌々日だった。読者ハガキの整理や郵便物の仕分け、配送品の宛名作成をやっていると、行き先が「銀行」になっていた善正が戻ってきた。

母に言われていたので、体調を気づかいそれとなく様子をうかがうも、肩が落ちてるわけでも目の下にクマがあるわけでもない。広告取りのシルバーエース、海老原に話しかけられて笑顔で応じるくらいには元気そうだ。

安心して郵便物を持っていくと「千紗ちゃん」と話しかけられた。

「ミホさんの件なんだけど」

とっさにきょとんとした顔になってしまう。忘れていたわけではなく、あの話の続きはないのかと思っていたので。

「気になって滝井さんに聞いてみたんだ」

「編集長に？」

代理ではなく、本物の方だ。

「ミホさんとの付き合いなら、ここにいる誰よりも長いからね。そしたら滝井さん、ミホさんの旦那さんが描いた絵で、百段階段を見たことがあるって」

「旦那さんはもう亡くなってるんでしょう？」

「ああ。だから滝井さんが見たっていうのも二十年ほど前の話だ。先輩に連れられて当時の『アキヤマ』に取材に行き、その絵の何点かをタウン誌に載せたらしい」

「旦那さんって震災前に生まれているの？」

「ミホさんよりかなり年上というのは聞いている。おそらく大正生まれだね。滝井さんが思い出したところによれば、百段階段をよく使っていたと懐かしそうに話したそうだ。さすがにそれはほんとうじゃないかな」

マダムはちがったけれど？

「どんな絵だったんだろう」

「だよね。おれ、今日の帰りに滝井さんの家に寄って、古いパソコンを見せてもらうことにした。デジカメのデータを保存したままでは覚えていると言うんだ。ただ、処分してしまったパソコンもあるらしい」

「でも、よっちゃん、忙しいでしょ。昔のデータを探すひまなんかないんじゃないの？　そういう時間があったら少しでも早く家に帰ってご飯を食べなきゃ」

細面のあっさり顔に、くしゃりと皺が寄る。

「大丈夫だよ。これでもちゃんと食事も睡眠も取っている。滝井さんの話を聞いたらよけいに階段の件が気になる。何かわかったら千紗ちゃんにも報告するね」

その言い方は、風邪を引いて学校を休んだ直後に修学旅行に出かけたときと同じだ。大丈夫だよ、もう治った、千紗ちゃんは心配しなくていいよ、そうだ、お土産《みやげ》を買ってくるね、と。

あの頃とちがうのは、善正の手が伸びて自分の頭の上に置かれないことだけだ。お土産にもらったのは舞妓《まいこ》さんの絵のついたハンカチで、今でも机の中にしまってある。ときどき引っ張り出して眺めているのは誰も知らない。


その日の夜、食事も風呂も録画したドラマを見るのもすませ、友だちとのLINEも一段落したところで、思い切って善正にメッセージを入れた。「絵は見つかった？」と。返事は期待してなかったけれど、二台目に立ち上げた古いパソコンの中に発見したと返ってきた。LINEではまどろっこしくて電話に切り替えた。

「どんな絵だったの？　見たい。よっちゃん今どこ？」

「これから帰るとこ。自分ちのパソコンには転送したんだ」

「だったら見に行く」

「もう遅いよ」

「隣の隣だもん。ぜんぜん平気」

「帰ったら、風呂とか入るし」

駆け出そうとしたところで、目の前のドアがぴしゃりと閉められたようだ。ちゃんと食べてしっかり寝るよう、えらそうに言ったばかりなのに、自分が押しかければ少なくとも一時間は睡眠時間が削られる。時計を見れば十一時をまわっていた。

「そうだね。わかった」

明日はバイトが入っていない。高校生でもできるような雑用を頼むのは週三回くらいでちょうどいいのだろう。

「今度見せてよ。いつでもいいや。気をつけて帰ってね」

電話は「うん。じゃあね」と素っ気なく切れた。千紗はベッドの上で両膝を抱え込み、体育座りになって物思いにふけった。

絵も気になるが、もうひとつ、友だちとのＬＩＮＥの間もドラマを見てる間も、ついついぼんやりしてしまう気鬱《きうつ》の種が千紗にはあった。

「恵里香《えりか》ちゃんね、ニューヨークのギャラリーで働き始めたんですって。ギャラリーよ。素敵ねえ」

夕食時に母親が、いかにもなんでもなさそうに口にした言葉だ。

「かっこえー。おれ行きたい。絶対行く。自由の女神を見て、イエローキャブに乗って、セントラルパークで昼寝する」

隆也は目の色を変え、「ママも行きたいわ」とふたりして盛り上がっていた。千紗は「いいねえ」と棒読みのセリフを形ばかり唱えた。「げーっ」と吐くまねなどしたら一生、何を言われるかわかったものじゃない。

「美人だしスタイルもいいしセンスあるし。ニューヨークの街角がきっと似合うわね、恵里香ちゃん」

「前々から思ってるんだけど、おれって恵里香ちゃんに似てない？　ね、ね」

これには心置きなく「ばっかじゃないの」と言い捨てた。

「なんだよそれ。おれはイケメンで通ってるんだよ。バレンタインだってチョコもらうし。さっぱりなのはチィだろ。従姉妹《いとこ》って言っても恵里香ちゃんとは似ても似つかない。美人じゃないし、スタイルもてんでだし、センス……いたた、ぶつなよ。暴力反対」

「あんたなんかちっともイケメンじゃないでしょ。義理チョコばっかのくせに」

「へ、へ、へ、モテない自分と同じにするなよ」

「勘違い男。痛すぎ」

お決まりの姉弟げんかにもつれ込み、互いのことを「ブス」「馬鹿」と罵《のの》り合うだけで終わってしまったが、母親の言葉は自分の中に黒々と残っている。

恵里香ちゃんね、ニューヨークのギャラリーで。

はいはい、そうですか。

日本から見れば地球の裏側に近いニューヨーク。

うんと離れたところにいるのに、千紗の心を易々と締め上げる。

唇を噛んで膝を抱えたままごろりと横に倒れた。目を閉じてじっと固まる。頭がぐるぐるして少しも眠れないはずが、そうでもなかったらしい。携帯の振動でハッと我に返った。友だちからのメールに紛れ、善正からも届いていた。あれから三十分も経っている。

「データ、千紗ちゃんのパソコンに送っといたよ」、とあるではないか。

あわてて起き上がり、つんのめるようにして自分のノートパソコンを起動した。メールを受信する。このパソコンを買うときも、付き合ってくれたのは善正だったと思いながら添付データを開く。

画面に表示されたのは巧みな筆遣いによる風景画だ。長い長い階段を風景の中央に据えた構図もあれば、建物の間にすらりと延びているのもある。家の中から窓越しに見えるものや、ぐっとズームアップし、石段で遊ぶ子どもたちを描いた絵もあった。

プロレベルかどうかはわからないが、素人《しろうと》離れした腕前だと思う。続いてスケッチ画が現れる。テーブルや椅子といった家具、りっぱな花瓶、ティーセット。それらに加え人物画も出て来た。長い髪をなびかせる女性の横顔、微笑んだ正面からの姿、石段を連れ立って上がっていく男女の後ろ姿。

千紗は顔を近づけのぞき込み、眉をひそめた。

これは誰だろう。

女性は繊細なたたずまいの綺麗な人だ。すぐに気づく。あのマダムではない。

マダムはこの絵を知っているのだろうか。描いた人の気持ちが透けて見えるような柔らかなタッチだ。女性を正面からとらえた絵には百合《ゆり》の花が添えられている。

「どういうことよ」

マウスをぞんざいに動かしていると、右下に日付があった。一九六七年十一月、あるいは十二月と読める。

千紗は本棚から社会科の年表を引っ張り出した。関東大震災があったのは一九二三年。ということは、一九六七年から見て四十四年前になる。日付の頃に描かれたとして、四十年以上も昔の光景を絵に表したのだろうか。どうして？

落ち着かない思いで添付されていたもうひとつのデータを開く。ハマペコの前身である「横浜ウィークリーニュース」のバックナンバーだ。特集コーナーについさっき見たばかりの、百段階段を中心とした風景画が掲載されていた。作者の顔写真も添えてある。白髪で、なかなかダンディーな老紳士だ。元町で明治から続く服飾雑貨「アキヤマ」を経営する秋山浩二郎《こうじろう》さん。

千紗は画面に鼻がくっつくくらい近くでその写真を見た。

「似てる」

マウスを摑んで操作し、再びスケッチ画を表示する。女の人と一緒に描かれている男性は、とても仲良さそうに寄り添っている。千紗のこめかみにも背筋にもいやな汗が伝う。

秋山浩二郎さんとスケッチ画の男性は、年齢こそちがえど顔立ちや体つきがとてもよく似ているのだ。自分の若かりし頃の想い出を紙の上に表したのか。

「アキヤマ」の主人は、かつて元町にあった百段階段をのぼり、百合の花を思わせる女性と踊り場で足を止めた。そして振り返り、川向こうに広がる家並みとその先のきらきら輝く海に目を細めた。

マダムには見ることの叶《かな》わなかった光景だ。

翌日、午後の授業中に志田からメールがあった。数日前に届いた郵便物を知らないかという問い合わせだ。心当たりがあったので放課後、学校から電話を入れた。保管した場所を教えると「よかったー」と喜ぶ。受け取った後、自分が処分してしまったのではないかと青くなったそうだ。

「ときどきやらかすのよ。ごめんんね、授業中じゃなかった?」

「大丈夫です」

「千紗ちゃんがサポートしてくれると助かるわ。って、どっちが大人だかわからないわね」

けらけら笑ってから、志田は少し声をあらためた。

「この前のアキヤマさんの件、私も気になっているのよ。しっかりした方だけどお年って言えばお年だものね。何か勘違いをされたのかも。物忘れもあるだろうし」

「百段階段の話、マダムから志田さんは聞いてません?」

「うん。ぜんぜん」

善正もだ。マダムは話してない。たまたまだろうか。

「旦那さんの話は何か聞いてます? もう亡くなったそうですね。旦那さんがお元気でいらしたころは家具店だったって」

「『家具のアキヤマ』ね。ミホさん、ひょっとしたら洋装店に変えたことについて、気に病んでいるのかもしれない。息子さんやそのお嫁さん相手に、いつか家具店に戻してほしいと言ってるそうなの。明治に創業し、大正生まれのお父さんが守った看板を、昭和の自分は書き換えてしまった。平成では戻してちょうだいと。ミホさんだってしっかり守っているのにね」

千紗は電話口で唇を嚙んだ。大正生まれ、昭和生まれ、そして創業は明治。今は平成。

「時代の波に揉《も》まれ、どうしたって姿を変えるものはあるわよ。記憶の中にしか留まれないものもある。寂しさも口惜しさも後悔も、自分の中で折り合いを付け、飼いならしていかなくちゃ」

「飼うんですか」

「追い出せないもん。出したくとも居座るわけ。だからなるべくうまく手なずけて、平和な同居を目指すのよ。ガス抜きや空気の入れ換えもだいじね。そうそう、姿を変えると言えば、百段階段の跡地には公園ができてるみたい。知ってる？」

「いえ。どこですか、それ」

「私もまだ行ったことがないの。調べてみて。ごめん、海老原さんに呼ばれた。切るね」

昇降口の近くだった。棒立ちになっていると、背後から友だちに声をかけられた。

「電話、終わった？」

同じクラスの菜々美《ななみ》やリコが駆け寄ってきて、背中を押される。今日は隣のクラスの男子がやってるバイト先に行き、もらった割引券でワッフルやクレープを思い切り食べる約束だった。

背が高く、顔立ちも大人びている菜々美は同じ美術部で、将来はメーキャップアーティストになりたいそうだ。美容関係の専門学校を志望している。けれど親と意見が合わずに今は宙ぶらりんの状態だ。小太りでマシュマロのようなほっぺたをしたリコは、女子大の栄養学科に推薦が決まったばかり。割引券をくれた男子はバイトをずるずる続けながら、国立大学を目指すと言う。リコはこの男子が好きらしい。

「あのさ、これからちょっと行きたいところができたんだ。ごめんね。ワッフル、ほんとうに食べたかったんだけど」

「どうしたの急に。バイト？」

「ううん。でもそっち関係」

菜々美が「えーっ」と騒ぐ。

「やめなよ。よしな。ぜんぜん進歩がないんでしょ。言わなくても千紗の顔を見ればわかるって。頑張った分だけ哀しみが深まるんだよ。人間、あきらめが肝心」

「まだ始めたばかりだよ。一ヵ月にもなってない」

「それくらいでわかるときはわかる。あきらめが肝心って、千紗のセリフだからね」

「言ったっけ、そんなこと」

ほっぺたをつままれる。

「いたた」

「あんたがガツンと行けって言うからガツンと行ったら、先輩、女がわらわらいるし」

「わかってよかったんだよ。あの顔で女にだらしないのがキモイ」

「そっちはどうなの。七つも上の、もうおじさんじゃん」

リコがまあまあと割って入る。

「用事って、時間かかるの？」

「ううん。元町の近くに行くだけだから、たぶん一時間くらい」

「だったら時間つぶしてる。終わったら連絡ちょうだい」

「遅くなったらおごらせるよ。覚悟しとけ、千紗」

憎まれ口を叩く菜々美に「お金ないよ」と言い、リコには「待っててね」と手を合わせた。


飛び乗った電車の中でそれらしいキーワード検索をかけた。すると、そのものずばりの名前、『元町百段公園』というのが出てくる。階段の麓《ふもと》ならば商店街の近くだが、地図からすると丘の上にあるようだ。

地下鉄の関内駅で降り、ほとんど走るようにして元町商店街にたどり着く。丘への坂道はすぐに見つかった。かなりの急勾配だ。踏み出す足に力を入れ、ぐいぐい上がっていく。左手におしゃれなレストランやカフェ、右手に幼稚園、それらの前を行き過ぎる頃には息が切れてくる。はあはあ言いながらスピードを緩めずに上ると、行く手にフェリス女学院の校舎が見えてきた。

上りきったところが汐汲坂《しおくみざか》の交差点だ。そこを左手に折れる。女学院から離れ、ヘアピンカーブを曲がるようにして、別の角度から再び元町商店街に近づいていく。地図を頼りに歩いているが、ごくふつうの住宅街の路地なのでほんとうにここかと思ってしまう。

不安にかられていると、家並みが途切れてぽっかり空いた土地が現れた。入り口部分に煉瓦《れんが》造りの壁が設けられ、大小のプレートが三枚、埋め込まれている。一番小さいものには公園の名称、中くらいのには説明書き、大きなものには階段の写真が転写されている。

説明には「この地は、横浜の開港時から大正期にかけて、浅間山《せんげんやま》の見晴台と呼ばれ、たいへん眺望のよいところでした」とあり、「今はない『百段』の歴史をここにとどめるように造られたものです」と結ばれている。

広さはと言えば、分譲地の中にあるような児童公園くらい。砂場も滑り台もないのでがらんとしている。なぜか白い円柱が七、八本、円を描くように建っている。この説明は書かれてないので意図はわからない。柱の内側は灰色の砂地、まわりには雑草がはびこっている。訪れる人はほとんどいないだろうと思われる、うら寂しい雰囲気だ。

せっかく来たのだからと、千紗は中に入ってみた。枯れた雑草を踏みしめながらゆっくり歩いていると背後から物音がした。振り向くと入り口付近でミニバイクが止まる。

「よっちゃん」

ヘルメットを取るまでもなく現れたのは善正だ。

「どうしたの？　どうして、ここに」

「用事が終わったところで志田さんに電話したら、千紗ちゃんの話になって。ひょっとしたら来てるんじゃないかと思った」

バイクのエンジンを切り、ヘルメットを置いてやってくる。

「公園になってるっていうから見に来たの。でも、みごとになんにもないね」

動揺を隠し、笑いながら言った。善正もざっと見渡してうなずく。

「昨日送った写真のデータはもう見た？」

「うん。マダムの旦那さんってどういう人だったのかな。昔の横浜の絵を他にもいっぱい描いているの？」

「さあ。あるかもしれないけど、インタビューのときに見せてくれたのは階段の絵だけだったらしい」

「よっちゃんが送ってくれた中に、スケッチ画もあったよね。あの女の人って誰？」

「千紗ちゃんはどう思った？」

善正は止めていた足を動かし、そのまま公園の突き当たりまで進む。低い柵が張り巡らされている場所だ。千紗もあとに続いた。近づくと一歩ごとに視界が開けていく。丘の上の高台なので、びっしり建ち並ぶ大小さまざまなビルが遥か遠くまで見渡せる。

「最初はすごくいたたまれなかったの。あれはマダムじゃないよ。よその女の人を何枚も描いて懐かしがるなんて、ひどいと思った。裏切り行為っていうの？　いやーな気持ちにすごくなった。でも今は別のことが気になる」

善正は黙って耳を傾ける。千紗は続けた。

「マダムの旦那さん、秋山浩二郎さんが階段を見たのは、いくつの頃なんだろう。年の離れた夫婦と聞いたけど、どれくらい離れていたの？　浩二郎さんは大正生まれ？それとも明治生まれ？　もやもやしてたらついさっき、志田さんからの電話でわかった。大正生まれなんだってね。ということは、あのスケッチにあった男の人は浩二郎さんじゃない。地震があったのは大正十二年の九月でしょ。元年に生まれたとしても、十一歳だもん」

女の人も同様だ。少なくとも十代後半、ひょっとしたら二十一、二歳ではないか。浩二郎がじっさいに付き合っていた人ではあるまい。

肯定するように善正の首が縦に振られる。

「ミホさんの旦那さんは、大正二年の生まれだそうだ。震災のときは十歳だった」

やっぱり。そして善正もまた、千紗が気づいたことに考えが及んでいたのだ。

「あの女の人は誰？」

「お兄さんの許嫁《いいなずけ》らしい」

「浩二郎さんの、お兄さん？」

だから似ていたのだろうか。

「どちらも震災で亡くなったそうだ。ふたりだけじゃない。ご両親も火災に巻きこまれ助からなかった。店も焼失した。百段階段と同じように、秋山家も崩壊してしまったんだ」

千紗は唇を強く結んだ。目の前の風景をじっとみつめる。四角いビル群の間に高速道路が延び、つぎつぎに車が滑っていく。

「みんな亡くなって、ひとりだけ生き残ったの？」

「ああ。でも家具の買い付けに出かけていたお父さんの弟、浩二郎さんから見れば叔父《おじ》さんという人も難を逃れ、無事だった。ふたりは焼け跡から『アキヤマ』の看板を探し出し、それを抱え、元町の土地にしがみつくようにして生きたそうだ。大正から昭和に変わり、太平洋戦争を経て、叔父さんは最後まで独身を通した。けれど甥《おい》には結婚をすすめ、いい人がいるからと連れてきたのがミホさんだった。県北部の出で、当時は貿易会社の事務員をしていたらしい」

「よっちゃん、それ、誰に聞いたの？」

「今日の午前中、商店街の歳末セールについての会合があったんだ。そこにアキヤマのお嫁さん、千紗ちゃんも会った女の人だよ、その人も来ていた。会のあと挨拶して立ち話をしてたら、商店街の人も加わって、何十年も昔の話になった」

無機質なビル群を眺めていた眼差《まなざ》しが、千紗に向けられる。

「おれは単純に、どうしてミホさんが階段を見たと千紗ちゃんに言ったのか、そのわけが知りたかった。ただの勘違いや、言い間違い、面白おかしくの脚色ではないと思ったから」

「よっちゃんや志田さんには言ってないんだよね」

「そこだよ。おそらくちゃんと相手を見ている。歴史に詳しそうな人間には言わない。アルバイトの高校生で、何も知らなそうだから話したんだろうね」

「理由はわかったの？　なんで嘘をついたのかな。何も知らない女の子だからでたらめ言ってもいいと思ったの？　本気にしているのを見て、面白がっていたの？」

言ってるうちに無性にやりきれなくなった。もの知らずの自分が情けない。目の奥が熱くなり、あわてて瞬《またた》いた。

「千紗ちゃん、そんなふうには思ってないだろ？」

「だって」

「ミホさんは、自分の中にある特別の物語を誰かに聞いてほしかったのだと思う。嘘やでたらめじゃないよ。大切な思い出話だ。あとからおかしいと知った千紗ちゃんは傷ついたんだから、やっぱり言うべきではないんだろうけれど。ミホさんにあやまってほしい？」

少し考えてから、千紗は首を横に振った。

「ううん。でも、ない過去を語るって寂しいよ」

「ふつうの階段ではないからね。旦那さんにとって、失われた幸せの象徴だったのかもしれない。命を絶たれた人たちを偲《しの》ぶ、よりどころだったのかもしれない。ミホさんは旦那さんの気持ちに長いこと寄り添ってきた。ミホさん自身の人生も重なっていたんじゃないかな」

スケッチ画に残された日付からすると、四十年以上も昔の風景を描いたらしい。それまでは絵を描く余裕がなかったのかもしれない。

震災のあった年にはまだ十歳。ほんの子どもだ。家族をなくし、家もなくし、叔父さんがいたとはいえ、生きていくのは並大抵の苦労ではなかっただろう。我慢に我慢を重ねて必死に働き、途中で伴侶《はんりょ》を得て、おそらくは奇跡に近いような、家の再建という夢を叶えたのだ。

そして数十年を経て絵筆を執る。浩二郎さんは一段一段にどんな思いを込めたのだろう。

「マダムね、私には、『アキヤマ』を自分の代で潰さずにすんだと言っていたの。でも家族にはいつか洋装店から家具店に戻してほしいって話してるらしい。それも旦那さんのことを思ってなのかな」

「そうだね。気持ちが引き継がれていけば、じゅうぶんだとおれは思うけど」

善正らしい。断言せず控え目に言うところも含めて。微笑んで千紗はうなずいた。

「よかった。やっといつもの笑顔だ」

「え？　何？」

「今度の一件で、千紗ちゃんらしくなくしょげていたから心配してたんだ」

すっと腕が伸び、善正の手のひらが頭の上に載る。柔らかく何度か弾む。親しげな仕草をくすぐったく思う気持ちと、子ども扱いしないでという反発がせめぎ合い、固まってしまう。善正は気づかず、手を引っこめるなり踵《きびす》を返した。

「もう戻らなきゃ。秋の日暮れは早いな。千紗ちゃんはこれからどうするの？」

「と、友だちと約束が」

「どこで？」

「杉田《すぎた》にある、ワッフルかクレープの店」
そうかと言いながら善正はバイクに戻りヘルメットを手にする。ミニバイクなので
どうせ千紗は乗れない。公園のまわりは人通りもなく不用心なので汐汲坂の信号まで
一緒に歩いた。ほんの数十メートルの距離なのであっという間だ。坂の上で善正はバ
イクに跨がった。
「気をつけてね。友だちと遊ぶのはいいけど、羽目を外さないように」
「うん。あと、今日はありがと。心配して来てくれて」
照れくさくて伏し目がちに言うと、くしゃりとした笑みが返ってきた。千紗を残
し、ミニバイクは一気に坂道を下りて行く。
しばらくその場から動けなかった。忙しい人に優しく気づかってもらい、もっとう
きうきしてもいいものを、胸が苦しくなるだけだ。情けない顔で立ち尽くす。素直に
受け取れないのは自分が悪い。
バイトをしたいと頼み込んだとき、図々しくて厚かましいのはわかっていたから、
わざと茶化すようにふざけて言ってしまった。私を雇ってくれたら、恵里香ちゃんの
近況をすぐに細かく教えてあげるよ、と。
余計なひと言だった。口にすべき言葉じゃなかった。自分の馬鹿さ加減にほとほと
あきれる。

あのときの善正の顔が忘れられない。一縷《いちる》の望みを見出したような顔だった。

ニューヨークのギャラリーで働き始めたんだって。

最初のあれを約束とするならば、恵里香の現状について伝えなくてはならない。親切にしてもらった礼にもなる。善正はまだ、情報提供者としての千紗に期待してるだろうか。

坂道を歩き出すと、山手の教会から鐘の音が聞こえてきた。低く垂れ込めた曇り空に乾いた音色は吸い込まれていく。フェリスの制服を着た女の子たちが笑いさざめきながら千紗を追い越して行った。

マダムに再会したのは四日後の夕方だった。元町までお使いに出たついでに仲通り商店街を歩いてみた。ウィンドウ越しにちらりと「アキヤマ」をのぞくつもりが、店先でお客さんを見送る人がいた。

体型といい、エレガントなロングスカートといい、まちがえようもない。ぴたりと足を止めた千紗に向こうも気づいた。「まあ」と両手を広げて、芝居っ気たっぷりに驚いてくれる。

「あなたハマペコの。そうよね、女子高生さん」

「嬉しいです。覚えててくださって」

「かわいらしいお嬢さんは忘れないわよ」

ウインクのような目配せに、千紗も乗せられて気持ちよく笑った。

「この前はココアをごちそうさまでした」

「ううん。すっかり昔話に付き合わせてしまったわねえ」

「あのあと私、夢を見ました。百段階段をのぼる夢」

お愛想ではなくほんとうのことだ。遠くの風景を眺めるように目が細くなる。脳裏に浮かぶものをたどる顔になる。幼い日の自分を思い出すような懐かしさと、そこから遥か離れてしまったというほろ苦さが混じり合う。

そんな千紗の手をマダムが摑んだ。

「あなた、私のとっておきの宝物を見せてあげる。中に入って。お店に置いてあるのよ」

背中を押されるようにして店内に入る。マダムはショーケースや姿見をたくみによけ、試着室の奥へと引っ込んだ。今日は他に誰もいないらしい。千紗はあらためて店の中を見まわした。

すると商品の並んでいる棚や壁際の机、帽子ハンガー、試着室脇のテーブルセット、一番奥のソファーなど、趣味のいい家具がそこかしこに見受けられる。ワンピースやセーター、スカートといった婦人服の陳列を品良く引き立て、店全体の雰囲気を優雅に支えている。

マダムが戻ってきた。手に古びたスケッチブックを持っている。宝物と聞き、アクセサリー類を想像していたので軽く驚く。マダムはほのかな香水の香りと共に、それこそネックレスや指輪を輝かせながら千紗の隣にはりついた。

スケッチブックがめくられてすぐ息をのむ。善正がデータで見せてくれたあれだ。百合の花やきれいな女性が見える。二十年も前に滝井編集長がデジカメで撮影したスケッチ画の元の絵。

もっとゆっくり見たいのに、特に女性は心ゆくまで眺めたいのに、マダムはどんどんめくってしまう。待ってくださいと言いかけたそのとき、マダムの手が止まった。

「これよこれ。よく見て」

すらりと延びた石段の途中にふたつの人影が寄り添っている。同じような構図はデータにもあった。それかと思ったが、鼻をくっつけるようにしてのぞきこみ千紗はハッとした。

明らかに顔がちがう。特に女性の顔。目鼻立ちの整った美人ではなく、えらの張った四角い顔で鼻は丸く目は小さい。その目が幸せそうに垂れ下がり、口元は楽しげにほころんでいる。愛嬌たっぷりの笑顔だ。

「誰だかわかる?」

うなずいて、千紗はあわてて顔をそむけた。あっという間に盛り上がった涙がだいじな絵の上に落ちては大変。

マダムは嘘などついてなかった。でたらめを言ってもいない。長い長い階段を旦那さんと一緒にのぼり、踊り場で振り向いて眼下に広がる町並みを眺めた。眩しく光る海に目を細めた。ちゃんと絵に残っている。

「あらあらどうしたの。泣いたりして」

レース飾りの付いたハンカチを差し出される。

「だって」

「なあに？」

「私が見た夢では階段をのぼるのは自分ひとりだったんです。この絵はふたりで、すごく仲が良さそう」

マダムはホホホと明るい笑い声を響かせた。

「あなたはこれからよ。大丈夫。きっといい人が見つかるわ」

自分のように、と言いたかったにちがいない。若かりし頃のマダムに寄り添う男性はなかなかの男前でかっこよかった。

いつか、恋の思い出も聞かせてもらおう。お兄さんの許嫁である美しい女性に、浩二郎さんはほのかな思いを寄せていたのかもしれない。十分考えられる繊細なタッチだった。でもじっさいに隣に並んだのはマダムだけ。

千紗はハンカチで涙を拭《ぬぐ》うと「よし」と自分のどこかに気合いを入れた。まだまだこれからだ。もう一度顔を見合わせ、マダムと共に宝物のスケッチ画をのぞきこんだ。

山手ラビリンス

郵便物の仕分けをしていた千紗は、一枚の葉書に目を留めた。「最近、イラストが変わりましたね」「かわいいですね」と書いてある。思わず「やった！」と声が出る。

バイト先であるハマペコ編集部のフロアだった。推薦入学で卒業後の進路が決まった高校三年の秋、千紗はコネを生かし半ば強引に潜り込んだ。あてがわれる仕事といえばコピー取りやら資料整理やらシュレッダーかけやら使いっ走りくらいだが、昔から絵には多少の自信があったので各種カットも引き受けている。

「志田さん、志田さん、見てくださいよ」

パソコンにかじりついてレイアウト作業の真っ最中である志田のもとまですっ飛んでいく。いつもなら作業の邪魔などしないけれどこれは特別だ。

「私のイラスト、かわいいって書いてあります」

ぽっちゃりめのママさん社員である志田は作業の手を止めてくれたが、千紗の手元を見る前に封の開いている袋菓子に手を伸ばす。餡子《あんこ》の入った人形焼きを三つも摑み、どんどん口に入れる。飲みこんだところでペットボトルのお茶を喉《のど》に流し込み、ふーっとひと息ついてまたディスプレイに目を向ける。

「志田さん」

「ああ、ごめんごめん。お腹空《す》いてたのよ」

「読者プレゼントの応募葉書です。仕分けていたらコメントが書いてあって」

「ふーん。どれどれ。あ、ほんとだ」

よかったねえとあっさり言われ、千紗は肩をすくめた。たったこれだけのことで大喜びしてしまう自分が急に恥ずかしくなる。上手に描けたと大いばりで大人に見せ、頭を撫《な》でてもらう三つや四つの子どもと同じだ。

「すみません、仕事中だったのに」

「ううん。いいのよ。そういうのすごく嬉しいよね。貴重なご意見だし。千紗ちゃんの絵がご好評をいただいているっていう証でしょ。上にも言っときなよ。アピールは何事もだいじよ」

「上？」

千紗の目も志田の目も無人のデスクに向けられる。本来座るべき編集長は持病を悪化させ自宅静養中。代わりに就いた現（代理）編集長は広告取りなのか、銀行なのか、取材なのか、今日も席の温まるひまがない。

「上って感じゃないか」

「ですね」

　ふたりして笑う。

「葉書って、なんの応募だったの？」

「『ビストロ・ランタン』のお食事券プレゼントです」

「二千円だっけ。あ、そうだ、思い出した」

　志田はがばりと立ち上がり、その風圧で後ずさる千紗をさらに押しのけ、壁際のキャビネットに歩み寄った。縦横高さ三、四十センチといった箱を持ち上げる。

「千紗ちゃん、今日は何時まで？」

「五時までです」

　時間も曜日もいいかげんなバイトだが、今日は学校の授業が午前中だけだったので、一時から五時までとシフト表に自分で書いた。

「だったら四時頃ここを出て、お使いをひとつ頼まれてくれる？」

「それをどこかに持っていくんですか？」

「ビストロ・ランタンさん。撮影の小道具にお借りしたランタンを返しに行ってほしいの。壊れ物だからだいじにね」

「だったら自転車は……」

「バスとか電車で行ってね。今日はそこから直帰でいいから」

時計を見ると三時を過ぎていた。千紗は急いで郵便物の仕分けに戻り、頼まれていたシュレッダーかけやメールの整理もできるところまですませた。


「ビストロ・ランタン」は元町・中華街駅の近くにあった。みなとみらい線に乗り、終着駅。プラットホームが地下深くにあるのでエスカレーターをいくつも乗り継ぎ、改札口から階段を昇り、やっと地上に出る。

戸塚在住の千紗にとってよく知る場所ではないが、ビストロ・ランタンには迷わず行ける。ハマペコ編集部のみんなが、そこで歓迎会を開いてくれたのだ。長くは続かないであろうアルバイトなのに忙しい時間をやりくりして集まってくれた。

代理編集長と、さっきの志田と他数名。

「忘年会や新年会はやりたいと言いながらすぐ流れちゃうの。だからちょうどいい口実なのよ」

志田の言葉はバイトを始めてみて実感した。毎週発行するタウン誌作りにみんなてんてこまいだ。時間に追われぴりぴりしているときもある。広告主からの入金が遅れ、取り立てに行くという気重な仕事もある。何かと抱えがちなストレスを発散するためにも歓迎会という名目で集まり、みんなで飲んだり食べたり、あの夜はずいぶん盛り上がった。

「いらっしゃいませ」

扉を開けて入ると店の中はとても静かだった。駅から五分という好立地ながら、にぎわっている中華街からは距離がある。人通りの少ない路地の角に、テーブル数は六というこぢんまりとした店だ。

ネットのサイトには隠れ家的ビストロと紹介され、料理も高評価を得ている。ランチタイムやディナーは満席になることもあるらしい。土日や祝日ならば一日中混むのだろう。

けれど千紗が訪れたのは平日の四時過ぎ。今にも雨が降り出しそうな肌寒い日でもある。お客さんはふた組だけだった。

ウェイトレスの女性にハマペコ編集部を名乗ると、厨房《ちゅうぼう》からシェフが出てきた。丸い肩、丸いお腹の、いかにもシチュー鍋やフライパンの似合いそうな男性だ。顔立ちも安心安全の品質保証。湯気が出そうにほかほかしている。

「いらっしゃい。ハマペコのバイトさんだね。何ちゃんだったっけ」

「千紗です」

「ああ、千紗ちゃん」

志田から預かったお礼の言葉と共に箱を手渡す。シェフはお客さんから離れたテーブルで、さっそく中身をあらためた。出てきたのは古びたランタンだ。褪《あ》せたラムネ色のガラスに錆《さび》のにじむまわりの金属が、遠い異国の浜辺を思わせる。耳を澄ますと寄せては返す波の音が聞こえてくるよう。

貸し出したままの姿だったようで「たしかに」と言い、笑顔でうなずいてくれた。千紗の仕事はここで完了だ。あらためてフロアを見まわした。店名にもつけられているランタン、編集部が借りたのとはちがう種類のそれが窓辺を飾り、板張りの床や壁にしっくり馴染んでいる。温かみのある居心地のいい店だ。

お客さんの片方が鞄の中から財布を取り出し、帰り支度を始める。そうなるとあとはひと組だけ。

「あの、これを志田さんからもらってきたんですけど。使えますか?」

百円と書かれた、この店で出している割引券だ。もしよかったらケーキでも食べて行きなさいよと言われていた。タイムカードは五時でつけてくれるらしい。混んでいたら遠慮しようと思っていたけれど。

「どうぞどうぞ。今の時間は喫茶のみだけど、いいかな」

「はい。ケーキはありますよね」

メニューを見せてもらい、千紗は洋梨のタルトと紅茶を頼んだ。しばらくしてシェフ自らが持ってきてくれた。

「どう？　編集部は慣れた？」

「雑用係ですから、ぼちぼち」

「それでいいんだよ。おうちはこのあたり？」

「戸塚なんです」

「そうか。ちょっと離れているね」

「ハマペコのエリアはまだまだわからないことだらけで勉強中です。そうだ。ここは山手の近くですよね」

目尻をぐっと下げたシェフが、ふっくらした肉まんを頬張《ほおば》るようにしてうなずく。

それを見てから問いかけた。

「洋館にまつわる七不思議って、聞いたことがありますか？」

「は？」

肉まんだと思っていたのに、あんまんだったようにシェフは目を瞬く。

「なんだい、それ」

「そういうのがあるみたいなんです。横浜の山手に限定した不思議とか謎とか」

「タキちゃんか。あれが言ったんだね。なんだろう、もう。大昔のことじゃないか。どうして今さら」

千紗はあわててフォークを皿に置き、両手を振って否定した。

「ちがいます。タキちゃんって滝井編集長のことですよね」

自宅静養中の本物の編集長だ。シェフと高校の同級生というのは聞いたことがある。この店がハマペコ編集部と懇意なのはそのせいだ。

「私、読者からのお葉書で知ったんです。うちの編集長も洋館の七不思議を知ってるんですか」

シェフは激辛キムチまんでも食べたように額《ひたい》に汗をにじませた。

「いやいやいや、ちがうちがうちがう。そうか、タキちゃんじゃないのか。ぼくの早とちりだ。昔もそういうのがあったもんでね。今の話ならぜんぜんちがう別物だろう」

「そうなんですか」

「千紗ちゃん、君の聞いた話はどんなの?」

「葉書にあったのだけではよくわからなくて、今ここでケーキを待ちながら検索してみました。そしたらそれっぽいのが出てきたんですけど」

再び目を丸くしたシェフに、千紗はスマホの画面を差し出した。サイトのタイトルにはこうある。

『あなたの知らない横浜山手　洋館七不思議への扉』

怪しいサイトかどうか少しためらったが、固唾《かたず》を飲んで見守るシェフの手前、ここで引くわけにもいかずエンターキーをタップした。

現れたのは明るい画面だ。気さくに「訪問ありがとうございます」などと書いてある。説明書きによれば、「このサイトは漫画家をめざす健太郎と万太郎が投稿作について、アイディアを出し合う形となっています。フィクションとノンフィクションのまぜこぜです。ぬるく見守ってやってください」とある。

その下のキーをタップすると、ふたりの掛け合いが表示された。

健太郎（以下、健）「それでさ、オレひらめいたんだよ。うちらの近くにある横浜の洋館をネタに、漫画を描けばいいって」
万太郎（以下、万）「あれをどうすればそうなる？」
健「知ってるか。市が管理している洋館は七つなんだよ」
万「知らなかった」
健「ぐふふ」
万「いやらしい顔して笑うな」

健「七とくればあれだろ。七つの海や、七転び八起きじゃないぞ。じゃーん。な・な・ふ・し・ぎ」
万「は？」
健「横浜の洋館にまつわる七不思議を、主人公が解き明かしていくスリリングにしてサスペンスフルなロジカルミステリーストーリー。な、キャッチーだろ。おまえいつもキャッチーキャッチーって言ってるじゃん。こんなどんぴしゃりキャッチーはないぞ。まいったか」
万「まいってもいいけど、あるのかそんな不思議。俺は聞いたことない」
健「ふふふん。まずこの写真を見てみろ」
二階建ての白い洋館の写真が載っている。
健「港の見える丘公園の南奥に建つ、山手111番館だ」
万「ふーん」
健「でもな、本物の山手111番館はこっちなんだよ」
三階建ての白い洋館の写真が現れる。
万「え？ 待て待て。前の写真、門柱が写ってたろ。111番館って見えるぞ。こっちが本物だ」
健「いいとこに気づいた。つまり、とある人の記憶の中で山手111番館は二階建ての洋館。でも別の人の記憶の中では三階建て。不思議だろ」
万「同じ名前の建物が近くにあるのか。あ、ひとつは山手じゃないんだろ。元町とか
山下がつくんじゃないか？」
健「どちらも山手111番館なんだよ」

下へ下へとスクロールして行き、画面はここで終わる。これってほんとうのことですかと尋ねようとしたが、それより先にシェフが口を開いた。

「悪いけど、ちょっと見せてくれるかな」

うなずいて、差し出す。シェフは真剣な顔で人さし指を動かし、やがて短く「うっ」と声を発した。それきり固まってしまう。千紗は腰を浮かし、シェフの腕をたぐり寄せて画面をのぞき込んだ。

「漫画？」

さっきは文字と写真で構成されていたが、今の画面にあるのは絵だ。ストーリー漫画の一ページらしい。

「これってなんでしょう。七不思議の続きなんでしょうか」

「君、ほんとうに今、みつけたの？」

「はい。キーワード検索でヒットした中から、適当に開きました」

シェフは低く「そう」と呟《つぶや》き、スマホを返してくれた。あとは千紗が何を話しかけても上の空だ。やがてウェイトレスさんに呼ばれて厨房に戻っていく。座り直した千紗の前には、そのウェイトレスさんが気を利かせ、おかわりの紅茶を持ってきてくれた。

「どうしちゃったのかしらね、急に。こんなの初めて」

困り顔でしきりに首を傾げていた。

ケーキセットをたいらげる頃になってもシェフの姿は見えず、ウェイトレスさんにレジ精算してもらい店を出た。ホームの待ち時間や電車の中で、千紗は先ほどのサイトをあらためて見直した。

紹介されている洋館のひとつめが山手111番館。その次は山手234番館だった。元町公園の近くにあるそうで、写真を見る限り、背の高い木々の間に見える瀟洒《しょうしゃ》な建物だ。

健「あるときここを訪ねてきた外国人、仮の名をスミスとしよう、その人は自分のおじいさんの住んでいた建物だと言った。一階や二階を歩きまわり、こういうところで暮らしていたのかと昔を偲んだ。ところがそこに、別の外国人がいた。ジョンソンとしよう。ジョンソンさんも自分のおじいさんはここに住んでいたと言う。もうひとりいた。ミラーとしよう。彼もまたおじいさんはこの家に住んでいたと言う。さらにもうひとり、えーっと、なんだろう、何がいいかな、なんでもいいんだよ、トーマスか。彼もおじいさんは……」
万「いつまで続くんだよ」
健「四人だ、四人。おじいさんはみんな同じ年代。そして同時期に234番館で暮らしていたと言い張る。この家はうちのおじいさんの家だ、ってね。みんな譲らないんだ」
万「たくさん部屋があったのか。シェアハウス？」
健「そうじゃないよ。ちがうんだよ。ちゃんと理由があるんだよ。そのあたりをふまえて謎っぽくしゃべってるんじゃないか。もっと想像力を膨《ふく》らませてくれよ。オレたちがやるのは漫画だ」
万「七不思議で？　すでに無理があるような」
健「ないない。オレを信じなさい」
　ここまでが二軒目で、次の三軒目をタップすると文字から一転、絵が出てきた。シエフが呻き声を上げた画面だ。どうやらストーリー漫画になっているらしい。長い髪の毛をなびかせた女の人が霧らしいものにとりまかれ、何かを探して彷徨《さまよ》っている。

女の人は裾が地面を引きずるようなドレスをまとい、長い髪を風になびかせている。艶《つや》の描き方からして金髪のようだ。しきりに「トワンテはどこ」と言っている。

やがて霧の中からおじさんがあらわれる。上等ではない着物をまとった通りすがりの町民らしい。

「トワンテはどこですか。探しています。ここはヨコハマでしょう。わたし、はるばる海を越えてきました」

「ああ、トワンテ山」

「ヨコハマにありますね？」

「うん。そこだよ。坂道を上った先にある。誰かを訪ねてきたのかい？」

「婚約者です。怪我をしていると聞きました。早く会いたい」

女の人は会釈をして走り出す。息せき切って急斜面を上がるのだけれど、行く手に掲げられていた旗を見て驚く。

「フランス？　おお、なぜここにフランスが？　どうして？　ここはどこ。イギリスではないの？」

大げさにのけぞったところで、以下続く。

待て待て。市営地下鉄に乗り換え、下車駅が近くになっていたが、千紗はツッコミを入れずにいられない。漫画の舞台は横浜のはず。女の人のみつける旗がフランス三色旗であることは絵で表されている。それに戸惑うのはいいとしても、「ここはどこ。イギリスではないの？」というのは何故だろう。横浜はどこに行ってしまったのか。「トワンテ山」も知らない。聞き慣れない言葉だ。漢字だとどう書く？　十湾手？

「よっちゃんならわかるかな」

千紗は口に出して呟いた。善正の顔が浮かぶ。七つ年上ながらも近所のよしみで昔からよく知っている。今はハマペコ編集長代理を押しつけられ、彼のために少しでも役に立てればと思うけれど、バイトの身で使いっ走り以外に出来ることはほとんどない。

日夜考えて、たどり着いたのがネタ出しだ。フリーペーパーにとって広告収入は生命線だが、広告契約を取り付けるために重要なのは読者数。多くの人に興味を持ってもらえなければ広告欄の効果が薄まる。宣伝にならないと判断され掲載が断られる。たちまち収入は減り、経営が苦しくなる。そうならないためにも記事の充実は必須だ。

帰宅後、おやつは洋梨のタルトという豪華版だったので、冷蔵庫を物色することもなく千紗は自室のパソコンを立ち上げた。画面に地図を表示する。山手と呼ばれるエリアを拡大した。

JR京浜東北線の石川町《いしかわちょう》駅から、みなとみらい線の元町・中華街駅まで、まっすぐ延びているのが元町ショッピングストリート。それを挟んで横浜駅側に中華街が広がる。反対側の小高い丘陵が山手と呼ばれる地域だ。洋館だけでなく、フェリス女学院や横浜雙葉《ふたば》学園といった女子校が点在している。

バイトを始めて元町に行く機会は何度かあったが、その上にはほとんど足を向けたことがない。胸を張ってハマペコ編集部（バイト）とは言えない状況だ。今度出かけてみよう。七不思議も検証してみたい。もしかしたらネタになるかもしれない。

「でも」

ビストロのシェフのうろたえようが目に浮かんだ。あれはなんだったのだろう。

二日後の放課後、千紗は足取りも軽く、ハマペコ編集部の入っている雑居ビルに向かった。学校でメールしたところ、不在がちの善正がいるらしい。千紗がたどり着いたときには電話していたが、ほんの数分で受話器を置く。ややこしい用事ではなかったようだ。重いため息をつくこともなく、がっくりと肩を落とすこともなく、書類の整理を始める。

よかった。運がいい。千紗はイラスト描きの手を止めて立ち上がった。

「よっちゃん、じゃなくて、小谷さん」

七歳年上なので小中高と学校が一緒になったことはない。今はじめて同じフロアにいる。同じ組織に所属している。たったそれだけのことで顔はゆるみ、心は弾む。我ながらおめでたい。

「読者さんからの葉書に面白い情報があったの。山手の洋館について書かれたサイトがあるんだけど、七不思議をなぞりながらの紹介になってるんだよ」

眼鏡の奥の善正の目が「七不思議」のひと言で大きくなる。思った通り。摑みはOKだ。

「山手ってほら、洋館がちょうど七つあるでしょ。そこにひとつずつの謎で、七不思議」

「洋館ならもっとたくさんあるよ」

「そうなの？」

千紗はサイトに上げられていた名前をメモしていた。それを差し出す。山手111番館、山手234番館、イギリス館、ベーリック・ホール、ブラフ18番館、外交官の家、エリスマン邸。

メモを見た善正が目尻に皺を寄せる。

「これは『横浜市緑の協会』ってところが管理して、一般公開している洋館だね。いいラインナップだ」

自分が褒《ほ》められたように嬉しくなり、サイトを表示したスマホも見せた。

「七不思議の謎がどういうのかというとね、一、山手111番館は二階建てなのか、三階建てなのか。二、四人の外国人が同時に住んでいた山手234番館とはなんなのか。三、トワンテ山は横浜にあったのか」

「千紗ちゃん、今言った謎の答えはもうわかったの？」

「ちょっとは調べたよ。トワンテって、英語のトゥエンティが当時の人にそう聞こえたからなんだってね。今の港の見える丘公園あたりらしい」

「うん。イギリスの第二十連隊が駐屯してた。そのトゥエンティだ」

「近くにフランス軍もいたの？　漫画の中で女の人はフランスの旗をみつけるのよ」

「開港したばかりの幕末時、駐屯したのはフランス軍の方が先だ。港の見える丘公園の北側、元町・中華街駅の近くは今でもフランス山と呼ばれている。フランス領事館もあったそうで、遺構が残されている。イギリスの駐屯地はその奥に当たる」

「ふーん。じゃあ、山手111番館が二階建てか、三階建てかっていうのは？」

「じっさいに見に行ってごらん。すぐわかるよ」

一緒に行こうとは言わないらしい。

「234番館も詳しい説明を読めばピンとくるはずだ」

「明日にでも行ってみる。エリスマン邸やベーリック・ホールも」

「その三つは元町公園の近くだ。元町公園はわかる？」

「地図を見れば大丈夫。ひとりでも行けるよ」

忙しいのはよくわかる。でもがっかりしてしまう自分が止められない。悟られないよう笑顔にリキを入れた。

「一緒に行く子はいないの？　菜々美ちゃんとかリコちゃん」

「菜々美は専門学校の試験がこれからなの。だから、たまにしか遊べないんだ。リコは決まってるけど洋館には興味ないみたい」

「興味ないって？」

「あのさ、よっちゃんは自分が洋館をすごく好きでよく知ってるから、面白く思えない人の気持ちに鈍くなってない？　古いものに関心のない人にも、楽しく読んでもらえるのがいい記事で、いいタウン誌だよ」

ずけずけと言ってしまい、内心ひやりとした。ここは近所の道端ではなく職場だ。相手は仮にも（ほんとうに仮だが）フロアで一番偉い編集長なのに。

気まずい沈黙が訪れると思いきや、善正は「そうだねえ」と暢気《のんき》な声を出す。

「気をつけなきゃいけないね。洋館はただそれだけで面白いのになあ」

安心して「ほらほら」と突っ込む。

「ま、このサイトを教えてくれたのは読者さんなんだけどね。プレゼント応募の葉書に……そうだ」

肝心なことを忘れていた。千紗は仕分けておいた郵便物の束から、だいじな一枚を取り出して善正に見せた。自分のイラストを褒めてくれるコメント部分は真っ先に指差す。ね、ね、としつこくアピール。

善正はさっきと同じ暢気さで白い歯をのぞかせた。ストレスの溜まる日々を過ごしていても、目をつり上げてあちこちに当たり散らすということのない人だ。体重を減らして頬などげっそりしてしまったが、穏やかな微笑みをなくさない。

そして葉書のさらなる空きスペースに、洋館七不思議についての添え書きがあった。千紗はビストロ・ランタンでの出来事を善正に話した。はじめのうちは急ぎの書類に判を押しながら聞いていたが、滝井編集長の名前が出たところで手が止まる。

「やな予感がする」

後半はとても熱心に耳を傾け、話が終わるや否や、先ほどの七つの洋館の名前をじっと見つめる。

「伏見《ふしみ》さん——ビストロのシェフは、サイトの内容に心当たりがあったんだろうね。もしかして学生時代に仲間内で描いたものなのかもしれない。それだと滝井さんが知っていてもおかしくない。けれどここにあげられている『外交官の家』は、平成になってからの移築なんだ」

言いながら善正は素早くネットで検索する。

「平成九年だね。十八年前になる。今年四十五歳になる滝井さんが二十七歳のときだ。もうタウン誌の編集者として働いている」

シェフと編集長が高校を卒業してからずいぶんあとになる。

「でも移築なんでしょ。今の場所に来る前の話ならありえなくない？」

「外交官の家は東京の渋谷にあった。持ち主の孫に当たる人からの寄贈を受けて、横浜市がイタリア山に移築復元したんだ」

山手の洋館にカウントしたくても、当時は入れられなかったのだ。

四十いくつの人たちが制服を着て高校に通っている姿は、千紗の想像力をもってしても思い描くのは難しかった。けれど確実にそういうときはあり、テストの山が外れて青くなったり、部活やクラスの人間関係に悩んだり、好きな子の一挙一動に気を揉んだりと、今の高校生と似たような日々を過ごしていたのかもしれない。大人は最初から大人だったような気がしてピンと来ないけれど。

間近で見ていた善正は想像ではなく記憶の中に残っている。

千紗が戸塚区内にある分譲地に引っ越して間もなくの頃、三歳違いの弟に心臓疾患《しっかん》がみつかった。通院やら入院やらで両親は大忙しだった。見かねた近所の小谷家が千紗を預かってくれた。小学校入学前の幼稚園児だった。

おばさんもおじさんも気さくで面倒見がよく、その家の息子ふたりも優しかった。中でも下の息子である善正は絵本を読んでくれたし、おやつも出してくれた。間もなく入った小学校で出された宿題にも付き合ってくれた。

弟の病状が好転し、小谷家にお邪魔する時間がめっきり減ったのは千紗が小学四年生の頃だ。すでに生意気盛りだったので、ママを恋しがっては泣き、善正に慰《なぐさ》めてもらった恩も忘れ、着る物がかっこ悪い、髪型がださいと言いたい放題。そんなんじゃ一生結婚できないよというのは得意の決め台詞《ぜりふ》だった。口うるさくて生意気だけどかわいい妹、みたいな存在でいられれば十分だった。

けれど忘れもしない四年生の二学期、半袖から長袖に切り替わり家々の庭にコスモスの揺れる十月初旬、千紗の家に従姉妹の中川恵里香がやってきた。

母方の従姉妹なので苗字はちがう。さらに言えば両親が不仲で数年前から離婚話が持ち上がっていたらしい。千紗たち一家が病気の子を抱えにっちもさっちもいかなくなっているときに、同じ横浜市内に住んでいながらあてにできなかったのはそういう事情による。

いよいよ離婚が具体化し、ひとり娘の恵里香は本人の希望で父親が引き取ることになった。母親は納得せず、家の中でやみくもに暴れたそうだ。食器が割れ、窓ガラスにひびが入り、椅子やテーブルは壊れた。そこから避難して、恵里香は千紗の家にやって来た。

昔から勉強もよくできて容姿も秀でた従姉妹だった。伯母さんのせいなのか親戚づきあいはほとんどなかったが、法事などで会えば笑顔で話しかけてくれた。アイドル顔負けの美少女なのに気取ったところがなく、千紗と一緒に折り紙で遊んでくれたり、弟の隆也の取る恥ずかしい戦隊ヒーローものの決めポーズもかっこいいと褒めた。一緒に撮った写真は誇らしく、友だちに見せびらかしたこともある。

同じ横浜市内といっても向こうの住まいは北部の青葉区だ。田園都市線を使い、買い物ならば都内に出るエリア。ふだんの行き来はなかったので、八年前の来訪も初めてのことだった。母親がやけに入念に掃除をしていると思ったら、直前になって聞かされ、しばらく泊まっていくと言う。七つ年上の恵里香は高校生だったので、千紗の家から学校に通うというのも驚きだった。

「ここを自分の家のつもりで暮らしてもらうの。だからあんたたち、恵里香ちゃんにまとわりついちゃダメよ。だいじな勉強だってあるんだから」

母親からしつこく言われ千紗も隆也もうんざりしたが、恵里香のいわばホームステイはまぎれもない非日常だ。どきどきもしたし、わくわくもした。隆也など興奮のあまり当日の朝に鼻血を出す始末だった。

そして宅配便の段ボールがいくつも届いた日の夕方、恵里香は通っていた学校の制服姿で現れた。ほっそりした手足にさらさらの長い髪の毛、透明感のある清らかな顔立ち、知的なたたずまい。きれいなお姉さんが自分の家にいるという不思議にじっとしているのは難しかった。意味もなくうろうろし、こっそり洋服を着替え、下品におどける隆也を叱《しか》りつけ、慣れない風呂掃除に滑って転んで悲鳴を上げた。

そこまでだったら今でも楽しい想い出だ。馬鹿みたいと笑っていられる。なぜそこで終わってくれなかったのだろう。

あの頃の自分は、恵里香と善正が同じ年であることに気づいてもいなかった。

サイトに掲載されている洋館七不思議は、金髪の女の人がトワンテ山を探している途中で「以下続く」になり、その先をやる気があるのかないのか不明なまま次の章に入る。

健「ベーリック・ホールを語るにはベリック邸について話さなくてはならない」

万「ほう」

健「ベーリック・ホールってのはな、元はと言えばベリックさんの私邸だったんだよ」
万「………」
健「反応が薄いな」
万「名前がほぼまんまだ。べとりの間に伸ばす音を入れるかどうかの不思議がこれから語られるわけ？」
健「間に入るのは伸ばす音ではなく、驚愕《きようがく》の事実だ。ベリックさんってのは貿易商として財をなした人で、有名な建築家であるJ・H・モーガンに依頼して大きな邸宅が建てられた。それが今のように一般公開されるまでの間に、なんと、ななんと、ここはあれだったんだよ、あれ」
会話のあとに矢印が出てきたのでタップすると、画面が漫画に切り替わった。
髪の毛がくるくるカールしている男の子が、ベッドらしきものの上でトランクを広げている。取り出した洋服を部屋にあるクロゼットにかけていると、扉が開いて数人の男の子が姿を現す。「よ、転校生」「ほんとにかわいい子だね」「名前はなんだっけ」「片づけなんかあとにすればいい」「おれたち、案内するよ」などと口々に言う。
びっくりする髪の毛くるくるの子。すると乱入してきた子たちの後ろから黒髪の少年が現れ、みんなをたしなめる。

「こらこら、ここはおれの部屋だぞ。勝手に入るな」

「いいな、ウィル。かわいい子と同室で」

「空いてたのがここだけなんだよ。君、みんなに挨拶しなよ。名前は？」

髪の毛くるくるの子は促され、ためらいがちに名乗る。

「ダニエル・ケイン」

「出身は？」

「イギリスのリヴァプール」

「ふーん。おれはウィリアム・アンダーソン。出身はロサンゼルスだ。よろしくな。さっそく案内しよう。ついて来いよ」

そして学校の寮のような建物の中を案内する。ここが食堂、ここが談話室、ここが図書室。

トワンテ山を探していた女の人同様、描き込みは少なく絵のセンスはいささか古い。千紗にとっては大昔の漫画を読んでいるようだ。男の子たちは皆、白いシャツにネクタイを結び、制服だろうか。太っているのも痩せているのもいるが、主役クラスであろうふたりはおそらくとても美形だ。美少年だ。ときどき吹く風に髪をなびかせ目を細める。背景に大輪のバラの花が描き込まれる。あたかもダンスを踊るようなポーズまでとる。

「どう？　やっていけそう？」

「そんなのまだわからないよ」

「大丈夫だって。みんな歓迎してる。改めて言おう。ようこそ、我が寄宿舎に」

最後のひと言に、千紗は目を丸くした。いったいどこの話だ。そもそもリヴァプールだし。ロサンゼルスだし。

矢印が出てきたのでタップすると会話文へと戻る。

万「はあ？　寄宿舎？　ダニエルにウィリアム。どこの話だ」

千紗も深くうなずく。

健「もちろん横浜の話だよ。昔ね、外国人墓地の近くにインターナショナル・スクールがあったんだよ。ベリック邸はそこの寄宿舎として使われていた」

万「インターナショナルな学校……。だからいろんな国籍の生徒がいるわけ？」

健「そうそう。でもって寄宿舎と言えば萩尾望都《はぎおもと》や竹宮恵子《たけみやけいこ》だよ。君は知らないかもしれないけど、一世を風靡《ふうび》した大人気の漫画があったんだ。さっきのはそういった名作へのリスペクト」

万「学校って、今はもうないの？」

健「うん。閉校になった。でも二〇〇〇年の夏だから、そんなに昔の話じゃないよ」

万「最近まであったのか。ぜんぜん知らなかった」

健「寄宿舎は残っているけど校舎はもうない。百年の歴史があったみたいだけど」

万「壊されたの？」

健「更地になり、すでにマンションが建てられている」

千紗の脳裏にたった今見たばかりの漫画がよみがえる。あの男の子たちは過去の作品をもとに描かれたパロディらしいが、彼らのような少年（もしかして少女も）が笑ったり怒ったり、ふざけたり走りまわったりしていた学校が跡形もなく消え去ったようで胸が痛む。

と、感傷に浸ったあとで気づいた。閉校になったのが二〇〇〇年の春。やりとりの中で、「そんなに昔の話じゃない」と言っている。

サイトにあるのは二〇〇〇年以降に書かれた会話だ。

翌日、学校は半日授業だったので、千紗は地下鉄で横浜駅に出た。みなとみらい線に乗り換え、元町・中華街駅で降りる。同じ駅を使うビストロ・ランタンは気になったが、今日は港の見える丘公園をめざす。

最初の目印は「横浜人形の家」という博物館だ。世界中の人形を集めた観光スポットというのは知っていたので、行けばすぐにわかると思ったが想像していたよりずっと目立たない建物だった。もう少しで見過ごすところだ。よく見れば灰色の外壁はシックでおしゃれ。屋根は三角形。教会のようにも見える。

そこから大通りを渡る。道路に沿って川も流れている。かぶさるように高速道路も走り、地上の横断歩道は昼間でも薄暗い。信号にあわせ、轟音《ごうおん》の下をくぐり抜けると景色が一変した。

植栽のほどこされた広場の先に、緑に覆われた高台がそびえている。地図によれば斜面の途中にフランス領事館の遺構があるようだ。サイトの漫画を思い出す。女の人がドレスの裾を翻し彷徨っていたのは千紗が今いる場所なのかもしれない。

「トワンテはどこ？」

呟いて歩き出す。迷うひまもなく、「港の見える丘公園」を示す矢印をみつけた。それに沿って進むと遊歩道に入る。とてもわかりやすく整備の行き届いた小径だが、かなりの急斜面でたちまち息が切れた。

拓けた場所に出てほっとするとそこがフランス領事館のあった場所らしい。説明する看板が立っていた。さらに進むと彫刻の置かれた平らなスペースがあり、ようやくてっぺんが見えてくる。登り切ったときには、すっかり体が温まり額に汗までかいていた。

晩秋の公園に人影はまばらで、色づき始めた木々に縁取られ、ゆっくりとした時間が流れているように感じられた。高台なので視界を遮《さえぎ》るものもなく空が広い。見晴台まで行くと湾岸の工場群の先にほんのり霞んでベイブリッジが見えた。公園はひっそりとしたまどろみの中にいるが、地上の道路にはひっきりなしに車が行き交い、町の喧噪《けんそう》を届ける。汗ばんだ額や首筋を海からの風が冷やしていく。

しばらくぼんやりしたけれど、ひとりなのですぐ手持ちぶさたになる。今日の課題はここからだ。踵を返し、千紗はイギリス館に向かった。

白い壁に赤い屋根を載せた二階建ての洋館だ。庭の植木もきれいに手入れされ、隣には噴水広場まであって優雅で上品。中にも入れる。時代を感じさせるレトロな室内に、千紗はかしこまりつつひととおり見学した。ほう、なるほど、ふむふむと、よくわからなくても鑑賞してる雰囲気を出したくなる。

しずしずとその場を辞し、続いて公園の奥にある山手111番館へと足を運ぶ。例のサイトからすると、二階建てなのか、はたまた三階建てなのか、という謎の物件だ。行ってみるとふつうに二階建てだった。きちんとしたプレートもあるのでまちがいない。こちらも白い壁に赤い屋根。庭にバラが植えられている。イギリス館もだった。洋館にバラはつきものなのだろうか。

中に入ると焦げ茶色の床や柱が赤みを帯びた照明に映えて美しい。シャンデリアもマントルピースもシンプルでエレガントだ。クラシカルな魅力に満ちている。

二階は見学できないけれど、玄関ホールが吹き抜けになっているので、ぐるりと巡る二階の回廊は見渡せる。眺めまわして視線を戻すと、一階から下へと向かう階段をみつけた。地下フロアがあるのだろうか。

そう思ったところで千紗は気づく。１１１番館を出て裏庭にまわり、「なーんだ」と声をあげてしまった。

正面からは二階建て、裏だと三階建てに見える建物だ。傾斜地に建っているので必然的にこうなったらしい。種明かしされれば単純な仕掛けというマジックみたい。裏から見ても立派な洋館で、白いバルコニーも装飾の施された門扉《もんぴ》もただものではない。

もう一度室内に戻ると、緊張感がやわらいだこともあり、窓際のテーブルに置かれたノートに手が伸びた。来訪者が誰でも自由に書くことのできる落書き帳だ。大阪や名古屋、福島など、地方から来た人が思いのほか多い。英語の書き込みもある。文字だけでなく似顔絵などのイラストも。

いつもだったら眺めるだけだが、なーんだと笑ったあとだったので、二階建てと三階建ての建物の絵を描き、「どっちも１１１番館」「洋館の秘密発見」と吹き出しを入れた。ハマペコのトレードマークであるアイスを持ったカモメの絵も描く。

見学を終えて千紗は善正に、１１１番館の謎が解けた、とＬＩＮＥのメッセージを入れた。たったそれだけでも伝えるべき事柄があるというのは重要だ。付き合っている恋人同士ならば朝のおはようから夜のおやすみまで、勝手気ままにＬＩＮＥを送れるだろうが、そうではないと用事がない限り話しかけることもできない。

公園の正面ゲートからは西に向かって真っ直ぐ道路が延びていた。ほんの数分の近さで、突き当たりにあるのが外国人墓地。まだ小学生の頃、桜の季節に千紗はここを訪れている。父や母、弟も一緒だった。

外国人のお墓と聞いて眉をひそめたが、斜面を見下ろす形になるので目に入る墓碑は多くない。柵の内側には入らなかったのでなおさらだ。母の指差す先に白い十字架が見え、子どもながらに敬虔《けいけん》な気持ちにかられた。風が吹くと桜の花びらが舞い散り、墓碑の上にも降り注ぐ。神さまはいるのかもしれないと思うような一瞬だった。

外国人墓地の近くには洋館を使ったレストランやガーデンテーブルを置いたカフェもあり、デートだったらどんなに素敵だろうと足の運びが鈍くなる。屋外のテーブル席では今の季節だと寒いだろうに、ジャケットやパーカを着込んだカップルが楽しげに座っている。そこだけ気温が二、三度、高いのかもしれない。両手で包み込むように持つカップには、一生冷めない飲み物が入っているにちがいない。

千紗の次の目的地は、四人の外国人が同時期にひとつのお屋敷に住んでいたという山手２３４番館だ。

横浜山手聖公会という教会を過ぎた先にあり、黄土色《おうどいろ》の壁に緑色の窓枠、茶色の屋根をのせた建物だ。二階のバルコニーがせり出し、それを支える白い柱が、玄関を真ん中にして左右にそれぞれ七、八本ずつ立っている。道路から玄関までがすぐ。

中に入ると、焦げ茶色の床、白い壁、白い天井といった広々とした部屋が現れる。シックなダイニングセットやローテーブルのコーナーがあるだけのシンプルな部屋だ。袖壁が大きなアーチ形になっている他は、これといって特徴のある建物には思えないけれど、例の七不思議の件がある。

千紗は壁に掲げられた説明書きを読んだ。すると234番館は、はじめから共同住宅として建てられたらしい。関東大震災で横浜も大きな打撃を受けた。ありとあらゆる建物が崩壊し、火事によって被害がさらに拡大。あたり一面、瓦礫《がれき》の山と化した。多くの外国人も巻きこまれ、住まいや仕事をなくして横浜を離れた。その後の復旧において、再び外国人に住んでもらうよう、造られた住宅だった。移築されたさいに今の間取りに変更されたが、それまでは部屋ごとに出入り口も独立していた。

七不思議の中で、スミスさんやらジョンソンさんやらのおじいさんが同時期に住んでいたというのは、これをふまえての創作だろう。

ついこの前、関東大震災で元町に百段もあった階段が崩れたという話を知ったばかりだ。時代が重なり、土地の繋がりも実感する。

壁の前にぼんやり立っていると、いつのまにか隣に女の人が立っていた。目が合うと優しい笑みを向けられる。千紗の母親と同年代という感じだ。たぶん四十代くらい。

「驚かせてごめんなさい。女子高生さんがひとりで見学って珍しかったから」

二重まぶたのくっきりとした瞳で、鼻筋もすんなり通っている。何よりがさつな母親にはない知性や品位というものがにじみ出ている。千紗も精一杯、品良くほほえむ。

「今まで洋館ってどれも同じに思えていたんですけど、面白い紹介をみつけたので来てみました」

「そう。私もよ。慣れるまで同じに見えてしまうわね」

「遠くからいらしたんですか？」

「ううん。前はちょっと離れたところだったけど、今は近くに住んでいるの。時間ができたときに気晴らしがてらのお散歩。横浜の洋館って入るのが無料でしょ。散策ついでによくお邪魔してるわ」

「いいですね。優雅。素敵」

「お散歩はね。でもそれ以外はしんどいことがいろいろあるのよ」

なんだろうと思ったが、女の人は「ふう」とため息をついたあと、千紗の視線に気づいて笑った。

「やだわ。私、へんなことを言ってるわね。気にしないで。仕事のことなの」

「お仕事ですか」

「さっきこの説明書きをすごく熱心に読んでいたでしょ。若いお嬢さんが印象に残ったのはどのあたりかしら。聞いてもいい？」

「この洋館が共同住宅だったということです。間取りが変わっているから気づきませんでした」

女の人はうなずいて、手招きするようにして外に出た。建物の裏手に回る。

そこからの眺めに、千紗は顔をほころばせた。裏から見ると窓の形や位置がほぼ同じ。一階と二階に各二部屋ずつ、同じ間取りの四部屋というのがよくわかる。

「ほんとうに四人の外国人が住んでいたんですね。そういう時代があったんだと思い知らされます。あれ？　思い知るって、使い方あってます？」

「言いたいことがわかるからいいんじゃない？　でも、知ってどうするの？」

形のよい眉と眉が寄る。

「ごめんなさい。あなたに対してではなく、この頃、ときどき思うのよ。昔のことをどうして人は知りたがるのかしら。知ってどうするのかしら。過去は変えられないでしょ。知ったとしてもどうにもならない。だったらそこになんの意味があるのかなって」

古い洋館を前に、千紗は返事に窮《きゅう》して瞬きをくり返した。たしかに過去は変えられない。震災で壊れた階段が二度と元に戻らなかったように。かつての共同住宅も間取りを変えられ資料として残されているだけだ。

立ち尽くしていると体が冷えてくる。曇り空だったので夕焼けを意識するひまもなかったが、あたりは薄暗くなっている。女の人も気づいたのだろう、すまなさそうに肩をすくめる。

「引き留めてわけのわからないことを言ったりして、ほんとうにごめんなさい。見学の邪魔もしてしまったわね」

「いいえ。話し相手がいてよかったです」

「このあともどこか見に行くの？」

もう一軒と思ったが、日がすっかり暮れてしまったらたちまち真っ暗だ。今日はやめとこうか。洋館巡りなら出直せばいい。

帰ると言うと女の人もその方がいいとうなずく。２３４番館から港の見える丘公園の入口まで送ってくれた。道々、ただの怪しいおばさんになってしまうからと名刺を渡してくれた。シンプルな葉っぱの絵があしらわれているセンスのいい名刺だ。お菓子作りの教室を開いていると言う。

入口から中には入らず、公園に沿って延びる坂道を降りることにした。女の人とは坂の上で別れた。下りきったところが元町・中華街駅だ。

地下深いホームにたどり着き電車に乗り、スマホを取り出すと善正からLINEが入っていた。

「千紗ちゃん、行動力あるね。洋館はいいでしょ。こちらは一日バタバタしてる。編集長にサイトの件を聞きたいんだけど明日になってしまうかも。めぼしい情報が得られたら連絡するね」

すぐに「待ってるね」と返し、かわいいスタンプも送った。既読マークがついてほっとする。日によっては既読になるのに時間がかかる。

ほんとうはもっともっと長々しく話したいことがある。トワンテ山への坂道とか、高台からの海の眺めとか、洋館で出会ったさっきの女の人とか。

過去を知ることになんの意味があるのかという言葉に、千紗はとまどうだけだった。何も返せなかった。でも善正なら示唆に富んだ答えが言えるのではないかと思う。聞いてみたい。どういう答えがあるだろう。

健「さてさて、ご好評いただいております洋館七不思議ですが、そろそろ終わりが見えてきました」

万「え？　なんで？　紹介されたのは四つだよな。折り返したところじゃないか」
健「折り返せばゴールが見えるんだ」
万「聞いたことないぞ、そんなの。次は何だ？」
健「大ネタだよ、大ネタ。オレにとって七つのうちで最も大きな不思議。未だに答えを知らない。謎のままドーンと横たわっている」
万「早く言え。どこの何」
健「ＪＲ石川町駅から急な坂道を上り切った先にあるイタリア山庭園の中に建つ、外交官の家だ」
万「へえ。写真を見る限り、けっこう大きくて立派だな。窓も多いし、三角帽子みたいな屋根もついてる。謎ってどんなの？」
健「たまには推理してみろ。ここはな、七つの中でひとつだけ仲間はずれの洋館なんだよ」
万「仲間はずれ？　ここだけ建築家がちがうとか」
健「ほう。ツウっぽいこと言うなあ。生意気な。同じ建築家が手がけた洋館はあるけど、基本的にばらばらさ」
万「じゃあ、実は大きな地下室がある、とか」
健「ないない」

万「震災で残った唯一の建物」
健「残念ながら、ちがう」
万「あとはなんだろ、女の人専用の館だったとか」
健「いいねえ。採用したい」
万「外交官の家だっけ。あ、わかった。他はみんな商人の住まいなんだ。でもこれだけは官僚の家だった」
健「それもあるかもしれないな。いいとこ、突いてるよ。でももっとわかりやすいちがいだ。この洋館はもともと横浜になかった」
万「は？」
健「本来あった場所は東京の渋谷だ。平成になってから、横浜の丘の上に移築復元された」
万「なんでまた」
健「持ち主の孫に当たる人から寄贈されたんだって。でもどうして横浜に？　不思議だろ」
　善正から聞いた通りだ。蘊蓄《うんちく》がそのまま不思議のエピソードになっている。
　洋館巡りの二日目、千紗は石川町駅に降り立った。改札口を出てすぐ急な坂道が始まる。途中で景色を眺めるような場所もなく、一気にてっぺんまで登るしかない。もりもり登る。たどり着いたところがイタリア山だ。山手にはいろんな国名がひしめいている。イタリア、イギリス、フランス、そしてアメリカもある。

上り坂で体がすっかり温まり、高台の風が気持ちいい。手入れされた庭園からは横浜の町並みが一望の下だ。さまざまなビルと家々の屋根と道路が、隙間《すきま》なく埋め尽くすだけの眺めに、ぽつぽつ灯がともり始めている。昨日よりも学校を出るのが遅れたので、早くも夕暮れが忍び寄っているのだ。のんびりしていられない。

庭に面して、見下ろす形で立派な洋館が建っていた。「外交官の家」だ。これがもとは渋谷にあったという謎。どうして横浜に移築されたのだろう。中に入れば説明書きがあるかもしれないが、視線を横に振るともう一軒、目に入る。

ブラフ18番館だ。同じイタリア山の一角に建つ、これもまた七不思議のひとつだ。サイトでは例によっていきなり漫画から始まる。煌《きら》びやかなロングドレスをまとい髪を結い上げた女性に、男性が跪《ひざまず》いて迫る。

「お待ちください、あなたは山手さまですね。見間違うはずもありません。あなたはわたしの太陽。この世でただひとりの女神さまだった」

「およしになって。わたくしはブラフと申します」

「ご冗談を。山手さまですよ。山手45番さま」

「いいえ、ちがいます。お放しあそばせ」

「やっと会えたんです。放せるわけがありません。どれだけ今日まで探したことか。ここでお会いできたのは神のお導きです。45番さま、どうぞ昔のように麗しい微笑みをお見せください」

「その名は捨てました。今はブラフ。山手ではございませんことよ」

「ブラフとはまた聞き慣れないお言葉を」

「切り立った崖《がけ》という意味だそうです」

「お名前をあらためたのですか？　なぜそのようなことを。謎だ。不思議だ。なぜ。どうして」

「野暮なことをおっしゃいますな。とても簡単なことですわ」

「まさか。まさか、ああ、まさか」

「ええ。良縁がございまして結婚しましたの。ブラフ18番館が今のわたくしの名前。そうお呼びになって」

「下の名前まで変わるなんて」

「よろしいじゃございませんか。おほほほほほ」

建物を擬人化しての漫画だ。馬鹿馬鹿しくていい加減だけど、だんだん慣れてきてクスリと笑ってしまう。

千紗はお伽噺《とぎばなし》に出てくるような白くてかわいらしいブラフ18番館に入り、真っ先に説明書きを読んだ。元は山手45番地に建っていたらしい。移築先が旧居留地18番地。山手の居留地はブラフと呼ばれていたことから今の名前になったという。

ここからよく七不思議に結びつけたと、もはや感心するしかない。いったい誰が考えたのだろう。描いたのだろう。作ったのだろう。

白いテーブルクロスの掛かった食卓や、暖炉のそばのロッキングチェア、オルゴールの置かれた丸テーブル、サンルームの籐《とう》椅子など、室内の調度もなんとなく乙女チック。窓辺に飾られた花瓶には白いガーベラが活けられ、誘われるようにして歩み寄った。

窓越しに眺める町並みはさっきよりも優しく物憂げに見える。暮れなずむ空から紫色の霞が降りているようだ。

このあとは元町公園に出て、昨日行きそびれたベーリック・ホール（元寄宿舎）とエリスマン邸（建築家をめぐる、これまた小粒な漫画）を訪ねれば七軒制覇だ。そう思ったところで千紗は眉間《みけん》に皺を寄せた。

サイトを作り上げた「誰か」について、ビストロのシェフには心当たりがあるようだった。真っ先に名前が出たことからして滝井編集長がもっとも怪しい。ふたりの高校時代に秘密があるようだが、その頃は七つのうちのひとつ、外交官の家が横浜にはなかった。ということは。

千紗はスマホを出して善正にＬＩＮＥを送った。

「今思ったんだけど、編集長たちが高校時代に七不思議を作り上げたなら、『外交官の家』ではなく別の洋館が入っていたんじゃないの？」

思いがけずすぐ既読になる。

「千紗ちゃん、ビンゴだ。今朝、編集長に電話した。そしたらすっとぼけているんだよ。なんの話かな、ぜんぜんわからないとか言って。でも今サイトを見たら、八番目の洋館が登場している」

「ほんと？　見てみる」

「おとなしく療養するために休職してるのに、退屈して遊んでいるんだよ、あの人」

ＬＩＮＥの画面を閉じ、問題のサイトに急いでつないだ。

すると、七番目のエリスマン邸の最後に星印があった。昨日まではなかった。

タップするといつもの健と万の会話で、もうひとつの洋館があげられていた。山手公園内にある山手68番館だ。

健「この洋館にはね、実にロマンチックな言い伝えがあるんだよ。そもそも山手公園は日本で初めてヒマラヤスギが植えられた場所だ。震災や戦争でかなり数は減ったが、未だに当時の木が生き残っている。樹齢百数十年の巨木になってるわけだ。すごいだろ」
万「ふーん。言い伝えってのは？」
健「いいか、よく聞けよ。満月がヒマラヤスギを照らすとき、洋館の窓辺に立ち願い事を唱えると、そのときの光の強さに応じて思いが叶う。いっとき女性の間ですごく流行ったらしい」
万「ほんとかよ」
健「信じる者は救われる」

千紗はサイトを閉じて「山手公園」と呟いた。空は急速に明るさを失っていく。夜はすぐそこまで忍び寄っている。けれど山手公園ならば目と鼻の先だ。

地図によれば、今いるイタリア山からメイン道路を歩くと山手教会に出る。洋館ではなく教会だ。そこから左に行けば元町公園。七番目の洋館であるエリスマン邸がある。右に曲がれば山手公園。かつての七番目があるらしい。

本来のルートからすると寄り道になるが、願い事が叶うというのはそそられる。ちょっとだけのぞいて行こうか。

ブラフ18番館をあとにして、千紗は早足で教会の角まで歩いた。右に曲がる。なだらかな坂道を下りていく。メイン道路からして車の行き来も人通りも少なかったので、脇道はさらに閑散《かんさん》としている。民家もほとんどない。そのせいかやたら暗い。

道はさらに細くなり、見通しも悪くなり、ここでほんとうにいいのかと不安になる頃、公園らしき場所に出た。手入れされた植木や柵があるのでそうなのだろう。でも街灯だけが頼りという心細さだ。

スマホで調べたところによれば山手公園はテニス発祥の地でもあり、資料館やクラブハウスも併設されているらしい。地図で見れば大きくて立派な公園のようだが、千紗が足を踏み入れたところはひっそりと静まりかえっていた。うっそうとした大木が茂り見通しも悪い。肝心の洋館は見当たらない。誰かに尋ねたいと思ってもまわりに誰もいない。

斜面にある公園らしく、ところどころに階段があるので降りて行ってきょろきょろしていると、茂みから何か飛び出した。

「うわっ」

心臓が止まるほど驚く。階段を踏み外しそうになるその足元に、柔らかいものがまとわりつく。わけのわからない悲鳴が口からほとばしる。

「すみません、マロン、こら、マロン」

ジャンパー姿のおじさんが木陰から現れ、それに呼応するように千紗の足元でキャンキャン鳴き声がした。子犬だ。ふさふさした茶色くて丸い犬。

「びっくりした」

「ほんとうにすみません。リードの留め金にガタがきてて、外れそうだったので直そうとしたらするりと。怪我はないですか」

「大丈夫です」

子犬はおじさんに抱き上げられ嬉しそうに尻尾《しっぽ》を振っている。

「あの、この公園に洋館ってないですか？」

「えーっと、どうだろ」

「古い建物です」

「それなら資料館とかクラブハウスとかありますよ」

指を差され、千紗はひとまずほっとした。人のいるところに行ってあらためて聞いてみよう。おじさんに礼を言い、犬にも形だけバイバイをして、なかなか鎮《しず》まらない鼓動《こどう》をなだめながら細い道を歩いた。間もなくテニスコートが見えてくる。人の気配もあるような気がする。

傍《かたわ》らに茂っているのは大きな樹だ。見上げると暗い夜空の下でもよくわかる。てっぺんは三角形だ。北欧の絵に出てきそうな姿形。クリスマスツリーを思い出すけれど、モミの木ではなくあれはヒマラヤスギだろう。

写真は無理かと思いながらスマホを出そうとしてハッとする。ない。ポケットにも背中にしょっている鞄にも。どこで落としたのだろう。考える間もなく思い出す。犬だ。驚いたあまり手から放してしまったのだろう。

急いで来た道を引き返した。またしても見通しの悪い小径を歩かねばならず、さっきの場所がどこなのかもわからなくなる。ようやくそれらしき階段をみつけて近付くと、手前にあった黒い塊《かたまり》が動く。植木だろうとばかり思っていたのに、くるりと向きを変え、そこに見えたものに千紗は悲鳴を上げた。

人の顔だ。

まわりは全部真っ黒なのに、目と鼻だけが青白く浮かび上がる。

再び心臓がバクバク鼓動し、何も考えられずに飛び退く。踵を返す。わななく足で必死に逃げようとするのだけれども、あっという間に躓《つまず》いた。転んでしまう。

「千紗ちゃん！」

斜め上から声がかかった。芋虫のように地面を這《は》いながら顔を向けた。

「そこに、誰かいるんですか」

「いや、その、あの」

すぐ近くからもうひとつ、声が混じる。

「千紗ちゃん、大丈夫？」

「よっちゃん」

「ビストロの、伏見さんじゃないですか」

たった今、この世で一番会いたかった人の出現に、千紗は興奮やら感激やらで目眩《めまい》がしそうだったが、気が遠くなるひまもなく驚く。

恐る恐る腕を伸ばして起き上がり、首をひねって目を凝らした。ずんぐりした塊がだんだん人の形を取り、腕らしきものが動いてフードらしきものが外される。頭の形がはっきり見えた。

「シェフ？」

駆け寄ってきた善正が「そうだよ」と言いながら、千紗の肩や背中をなだめるように軽く叩いた。もうひとつの声はすっかり恐縮しきっている。

「悪かったね。びっくりさせてしまって。そこの茂みでこれをみつけたんだよ」

差し出されたのは千紗のスマホだ。暗がりでシェフの顔を照らしたのはこの画面だったらしい。

「いきなりの悲鳴に、こっちも心臓が止まりそうだったよ」

「すみません」

「千紗ちゃんにLINEを送ったあと、しまったと思ったんだ。学校や家にいるならばいいけれど、洋館巡りの続きをやっているなら山手公園に行ってしまう」

三人して公園の東側へと移動した。テニスコート脇のベンチに腰かける。

「よっちゃんはどこにいたの？」

「元町商店街だったから、すぐだったよ」

「心配して来てくれたの？」

忙しい彼を思うと肩身が狭い。足を引っぱるつもりはなく、力になりたくての頑張りだったのに。自分はいつも空回りばかりだ。

「山手教会から入ると公園は人気《ひとけ》がなくて足場も悪い。女の子ひとりでは危ないよ」

まさしく、だ。月の夜に願い事が叶うという話に、釣られたのがよけい悲しい。

「あんなに暗いところとは思わなかったの。洋館を探しておっかなびっくり歩いていたら途中で犬が飛び出してきて。散歩途中の子犬だったんだけどすごく驚いて、スマホを落としちゃったみたい」

善正からは行くなというメッセージが入っていたが、気づくことができなかった。

「それを拾ったのが伏見さんなんですね」

ビストロ・ランタンのシェフだ。

「伏見さんはどうしてここに?」

「サイトの話を聞き、気になってちょくちょくのぞいてたんだ。すると突然、昨日までなかった星マークが表示された。昔の七番目が出現した。居ても立ってもいられず、来てしまったよ」

「お店は大丈夫ですか?」

「料理人見習いの甥っ子がいるんだ。これまでもときどき任せていたから、なんとかなるだろ。あのサイト、もしかしてタキちゃんが?」

善正がうなずくとシェフは体を揺らして大きく息をついた。

「なんだ、やっぱり」

「すみません、私も知らなかったんです。洋梨のタルトを食べてるときは、編集部に届いた葉書の内容が気になってて」

「わかっているよ。葉書の送り主はハマペコの愛読者なんだろう。そしてサイトは退屈したタキちゃんが誰にも内緒でこっそりやったにちがいない。昔から人騒がせな男なんだ」

横から善正が「よくご存じで」と口を挟む。

「こうなったら洗いざらい白状しよう。あれは高校時代のちょっとした思いつきなんだ。遊びだよ。いや、タキちゃんにとってはそれ以外の何ものでもないだろうが、ぼくにはけっこう真剣な試みだった。その頃、他校の文化祭で知り合った女の子に、なんていうかその、よくある一目惚《ひとめぼ》れをしてしまった。高三になって進学塾で再会したときは、天にも昇る心地だったよ。片思いになんの進展もなかったけどね」

シェフはしきりに照れながらも包み隠さず話してくれた。

「うかれるぼくをよそに、彼女は元気がなかった。校則違反を犯した親友の退学騒動があり、ひどくナーバスになっていた。彼女の通っていたのはお堅い私立だったから、ひどくナーバスになっていた。なんでもいい。できればすごく馬鹿馬鹿しいこと。ほんの一瞬でもクスッて笑えるようなこと。くだらないのひと言で忘れてしまうようなこと」

「もしかして、それで七不思議を？」

「彼女の志望大学がフェリスだと知って、でも山手付近にはぜんぜん詳しくないと聞いて、その場でホラを吹いた。ぼくたちはあそこの洋館には詳しいんだよって。当時通っていた進学塾には申し訳程度の図書コーナーがあってね、誰ひとり見向きもしないのに落書きノートが置いてあった。あそこに思いついたことを描くから読んでよと、冷や汗や脂汗《あぶら》を脇の下にびっしりかきながら、なんでもないふりを装って彼女に言った」

その中に七不思議ネタもあったのだ。

「あのときはセリフももちろん手書きだったよ」

「漫画は？」

千紗が尋ねると、「ぼくが」と答える。シェフが描いたらしい。

「すごくうまかったです。ほんとうは漫画家志望でした？」

「まさか。へたくそだよ。あれでも受験勉強そっちのけで頑張ったんだ」

「だったら滝井さんは伏見さんの絵を、なんの断りもなく勝手にウェブに載せたんですね」

善正は「ひどいなあ」と憤慨する。

「それだよ。どうしてあの絵を持っていたんだろう。落書きノートに描いただけなんだ。あるとき急に回収されて、まっさらなノートに替わってしまった。塾の先生が処分したはずだ」

「どうにかして手に入れたのか、密かにコピーを取っていたのか。そんなとこだと思いますよ」

「まったくもう。油断も隙もあったもんじゃない。とっくの昔になくなったとばかり思っていたのに、いきなり目の前に出てきてびっくり仰天だ。二十数年ぶりの対面だった」

店内での放心ぶりが思い出される。千紗はついつい口にしてしまった。

「その後、片思いの人とはどうなったんですか？」

シェフは「それがねえ」としみじみ言う。

「十二月の初め、受験勉強も最後の追い込みという時期になり、彼女は突然塾を辞めてしまった。最初は何もわからず、風邪でも引いたのかと心配したくらいだ。やっとのことで彼女の友だちから聞き出したところによれば、進路を巡って親や学校と意見が合わず揉めたらしい。塾のノートになんか、いくら描いても読んでもらえない。学校がちがうから会うこともままならない。それで苦肉の策を思いついた」

高校生だったシェフはあくまで落書きノートにこだわろうとした。唯一の楽しく和やかな繋がりだったからだ。そういうものを備え付けている場所を考え、ひらめいた。洋館の中だ。それが山手にあれば自分たちにぴったり。

「今はわからないがあの頃はエリスマン邸の中に置いてあった。みつけたときは小躍りしたよ。そして彼女の友だちに伝言を頼んだ。山手の元町公園にある洋館のノートを見てほしいと。馬鹿だよね。学校からも自宅からも離れた場所にあるのに、わざわざ落書きを見るために行ってくれなんて。その馬鹿をぼくは何度もくり返した。受験でお尻に火が付いている中を。結局彼女は来てくれなかった」

「そうなんですか」

当時はみなとみらい線もなかっただろう。石川町駅から歩くと元町公園は距離がある。足繁《しげ》く通うには情熱がいる。片方にしかなかったのか。それが片思いか。

「受験や卒業式やらの嵐が過ぎ去り、一段落した頃、人伝《ひとづて》に彼女の消息を知った。日本ではなくオーストラリアの学校を進学先に決めたそうだ。海を渡ってしまう前にもしやとも思い、性懲りもなくぼくはまたエリスマン邸に通った。けれどやっぱり……」

「勘違いして他に行ってしまったんじゃないですか。あそこには何軒か洋館が集中してるでしょう？」

「むろん確かめたさ。ノートが置いてあるのは一軒だけだ」

「読んだか読んでないか、どうやったらわかるんですか」

「サインだよ」

シェフは指先で宙をなぞった。

「塾のノートには見たという印を入れてくれた。簡単な葉っぱの絵だ。彼女の名前にちなんでだろう。葉子《ようこ》さんだったから」

葉っぱと聞き、千紗は「え？」と聞き返す。最近、どこかで見たような。善正も身を乗り出す。

「フルネームをうかがってもいいですか」

「中村葉子さんだ」

「千紗ちゃん」

善正がまるで何かに気づいたように声をかけてくる。千紗はしどろもどろになりながら、ズボンやパーカのポケットをまさぐり、鞄の中も引っかき回す。ポーチや財布も調べ、やっとのことでみつけ出した。

「これだ」

つい最近受け取ったばかりの名刺。葉っぱのイラストが品良くあしらわれている。ご本人も品の良い中年女性だった。思えばシェフと同年代で。

名前はローマ字なのでピンとこなかったが、たどってみると「なかむら　よこ」。

「よこ」ではなく「よーこ」か。

「千紗ちゃん、それ何？」

「話してなかったっけ。昨日、２３４番館で出会った人にもらったの。あれ？　話してなかったら今、よっちゃんが目の色を変えたのって」

「葉書だよ。読者さんからのプレゼント応募葉書。君の絵を褒めるコメントが書いてあった」

「ああ、あれ。もしかして名前って」

「覚えてないの？」

中村葉子さんだったのか。言われてみれば中村には覚えがあるようなないような。

珍しい苗字ではなかったので頭に残らなかった。

シェフがなになにどうしたのと騒ぐ。わかるように言ってよとふたりの腕を揺さぶる。

なんのプレゼントに応募したかといえば、シェフの店のお食事券だ。千紗のイラスト以外にも七不思議のサイトを教えてくれた。

最初にあれをみつけたのは、要するに彼女だ。おそらくビストロ・ランタンのシェフが誰なのかもわかっている。

なになにどうしたのと引き続き騒ぐシェフを、千紗も善正もまじまじと見返した。千紗の目には涙が盛り上がり、大粒になってこぼれてしまう。過去は変えられない。知ったとしてもどうにもならない。だったらそこになんの意味があるのかと彼女は言った。

けれど意味はある。きっとある。彼女自身、そう思っているからこそ葉書を出したのではないか。

単純でいい加減で馬鹿馬鹿しい七不思議だって、こうして人と人を結んでいる。ちゃんと意味があるらしい。

厳正にして公平な抽選の結果、中村葉子さんは当選を逸したが、その結果が出る前にビストロを訪れた。

先に連絡を取った千紗には当時のことを話してくれた。高校三年生の冬、塾を辞めてから後、伝言をもとに彼女は洋館に行ったそうだ。学校からも親からも進路について意見され、朝から晩まで慌ただしい中、時間をやりくりして何度か足を運んだ。けれど彼らの言葉や絵の記されたノートはみつからなかった。

理由はひとつ。肝心の伝言が間違っていたからだ。「山手の元町公園にある洋館」と聞いた友だちは、土地勘がまったくないこともあり、「山手の公園」を「山手公園」と伝えてしまった。中村さんは洋館をいくつかまわったが、すべてをチェックする余裕はなかった。

そうこうしているうちにも進学先が決まり、オーストラリアに渡った。そこで結婚し、帰国後は千葉で暮らした。いろいろあって単身、横浜に戻ってきた。縁あって山手に居を構えた。

そして久しぶりに参加したクラス会でかつての友に会い、雑談を交わしているうちに勘違いに気づいたのだ。ノートがあったのは山手公園ではなく、元町公園内に建つ洋館だった。

わかったところで後の祭り。もう遅い。過去は変えられない。そう思っていたのに、ふと手に取ったタウン誌で、編集長の名前を見て目を瞠《みは》った。塾で一緒だった男の子ではないか。あらためて調べてみれば、もうひとりの男の子は山手の麓でレストランを開いているらしい。

どうしよう、どうすればいいのだろう、思いあぐねていると突然、編集長の名前が変わった。また手遅れか。これも運命なのかと思っていた矢先、七不思議のサイトをみつけた。現代版にアレンジされているが、懐かしいやりとりや漫画がそのまま載っている。タウン誌には食事券のプレゼントが載っていた。

応募葉書を出すことで自分の背中を押したのだと、中村さんは笑った。千紗に声をかけたのも、ひとつ前の洋館で落書き帳のイラストを見たからだ。迷いながらも彼女は一歩ずつ歩み寄っていた。

二十数年の時を経ての再会に、シェフはどんなメニューで歓待したのだろう。さぞかし心のこもった味付けであり、盛り付けだったにちがいない。

「滝井さんがいなくてよかったね」

善正が含み笑いで千紗に言う。土曜日午後の編集部。休日返上での追い込み作業とあって千紗もフル回転だ。頼まれたコーヒーを買ってきたところで話しかけられた。

「ほんと。神さまのはからいね。そしてシェフの片思いは第二章が始まるの」

「片思いなわけ？」

そういう体質の人間がこの世にはいるのだと、遠い目になって千紗は思う。暢気そうに首を傾げる善正もまた、その口ではないか。

「仕事しよ」

湯気の立つミルクティーをだいじに抱え、自分の席に戻る。途中まで描いたイラストの中で、眼鏡をかけた男の子とボブカットの女の子が幸せそうに笑っていた。

根岸メモリーズ

放課後、教室で帰りの支度をしていると名前を呼ばれた。

「千紗、今日は忙しい？」

振り向くと同じクラスの菜々美が机の間を縫ってやってくる。クリスマスも正月も、千紗の心に様々な波風を立てつつ過ぎ去り、冬休みも終わり、学校が始まって二日目のことだった。

高校三年なので一月の下旬から自由登校になる。千紗や友だちのリコは早々に進路を決め、受験から解放されていたが、クリスマス前にもうひとりの仲良し、菜々美も決まった。ギリギリになって専門学校か大学かで悩んでいたが、美容関係の専門学校にしたそうだ。

晴れて自由の身になり、文字通り菜々美は羽の生えたような浮かれようだった。浮かれついでに千紗やリコを巻きこもうとして、クリスマスのときは連日やかましかった。

けれどリコの頭は現在、隣のクラスの男子でいっぱいだ。カップルになっての卒業をめざしている。遊んでいる場合じゃないとはっきり突っぱねた。浮かれ女が一瞬にして退散するくらいの気迫に満ちていたようだ。

千紗は推薦入学が決まって以来、「ハマペコ」というタウン誌でバイトに励んでいる。編集部は少ない人数でやりくりしているのでいつも慌《あわ》ただしいが、年末年始は印刷所が休みに入るためさらに忙しくなる。前倒しの入稿が重なるせいだ。バイトにもさまざまな雑用が言いつけられ、働く時間も増えてお小遣い稼ぎにはちょうどいいが、その稼ぎを楽しく使うあてがどこにも見出せなかった。

いつの頃からか気になる存在になっている小谷善正は、ハマペコ編集長の代理を務めているので誰よりも忙しい。クリスマス当日も前日のイブも夜遅くまで仕事。泊まり込みもありえる。

千紗はイブの朝に自宅でケーキを焼き、差し入れという形で編集部に持っていった。出たり入ったりでバタバタしているみんなは想像以上に喜んでくれた。紙皿を手に立ち食いという人もいたが、ベテラン編集者の志田はとっておきのアールグレイをふるまってくれた。

「女の子がいるとやっぱりいいわ。潤いがある。ねえ、小谷くん」

善正にも話しかけてくれたが、その声が聞こえたのか聞こえないのか、難しい顔で書類を睨《にら》んでいた善正はろくに返事もせずに立ち上がり、そのまま表に出て行ってしまった。銀行か税理士事務所だろう。編集長（代理）ともなると、無事に新しい年を迎えるための資金繰りが両肩にのしかかるらしい。

いつまでたっても戻らない善正を待ち続けるわけにもいかず、仕事のきりがついたところで千紗は事務所をあとにした。クリスマスの飾り付けでにぎわう町を地下鉄駅まで歩く。たびたび足を止め、すれちがう人や通りの向こうに目をやった。善正をみつけることはできず、華やかなイルミネーションが潤《うる》んでにじみそうだった。ショーウィンドウの中で微笑むサンタクロースやトナカイのオブジェにも、心の隙間は埋められない。

そういう光と影の織りなす人生の機微に、まったく無頓着な菜々美からは矢継ぎ早のＬＩＮＥが入った。見ないふりをしていると電話がかかり、出たとたん「早く来い」とわめく。ひまな子たちが集まってクリスマスパーティを開くのは聞いていた。すでに断りの返事をしているのに、なんでどうしてとしつこい。

最後に出てくるのは「どうせひとりなんでしょ」という決め台詞だ。高校生活最後のクリスマスに、寂しい思いをしてどうするの。

千紗はそれを無視して地下鉄駅への階段を下り、電車に乗ってまっすぐ自宅に帰った。善正の心が誰に向いているかはよく知っていた。もしもバイトに来ているのが意中の彼女なら、出て行ったきりひと言もないなど考えられない。ケーキを差し入れたのが彼女なら、笑顔で食べたのではないか。

暗い想像がとめどなく広がる中で、にぎやかな集まりには加われなかった。

クリスマスをやり過ごすと、ただちに年末年始が巡ってくる。イブの誘いに乗らなかったので、菜々美は本気で怒っているようだったが、懲りずに年越しイベントにも声をかけてきた。ファミレスでだらだらしたあと初詣に行き、朝までカラオケというプランだ。

これにはファミレスだけ付き合った。菜々美とは席が離れていたのでほとんどしゃべらなかったが、笑顔で見交わすくらいには和《なご》やかな雰囲気に持ち直した。できることならば千紗にしても深刻な仲違いは避けたい。気分屋ではっきりものを言う菜々美はときどき面倒くさく、腹が立つこともちらほらあるが、千紗自身も思ったことを言葉や顔に出してしまうタイプだ。ちょっとした言い合いはあったが三年間、仲良くしてきた。できることなら平和に卒業したい。

そう思いながらも、年明けからの冬物バーゲンは誘いを断ってしまった。バイトがあったのはほんとうだが、この理由ではまた嫌われる。

それきり連絡がないまま学校だったので、千紗としては微妙に気まずかった。けれど菜々美はいつも通り。むしろ機嫌がいいくらいの笑みで話しかけてきた。

「もしかしてこれからバイト？」

「ううん。今日は行かない。帰るだけ」

「そうか。よかった」

え？

「ちょっと聞いてもらいたいことがあるんだ」

思わず身構えると、千紗を席に座らせ、自分も前の子の椅子に腰かけた。

「なんなの？」

菜々美は美容関係の専門学校に行くだけあっておしゃれにはうるさく、身綺麗にしているので、そこそこモテる方だ。気まぐれでわがままなのが災いしてときどき男の子と揉める。またトラブルか。それとも機嫌が良さそうなので、うまくいってる話だろうか？

「かっこいい男の子に告《コク》られでもした？」

「そんなんじゃないよ、おばあちゃんなの」

「は？」

「お正月におばあちゃんと会っていろんなことを話したんだ。千紗のこともね」

予想の斜め上どころか、一回転しておでこを小突かれた気分だ。

「友だちがハマペコの編集部でバイトしてて、急に横浜について詳しくなったんだよ。山手の洋館とか、元町に昔あった階段とか。そう言ったら、元町百段のことかしらって」

「おばあちゃん、知ってるの？　ううん、待って。あれはすごく昔になくなってしまったんだよ。菜々美のおばあちゃんっていくつ？」

菜々美は片手を上げて、待ってと言うポーズ。

「おばあちゃんが直接見たわけじゃないの。おばあちゃんのお父さん、私から見たら曾《ひい》おじいちゃんから聞いたんだって」

「えーっと、曾おじいちゃんは何年生まれ？」

「大正元年生まれ。すごいでしょ」

素直にうなずく。

「だったら百段階段を知っててもおかしくないね。じっさいに昇ったことがあったりして。まだお元気だったりする？」

生きているのかと言いかけて、少し言葉を変えた。

「ううん。うちのママが高校生のときに亡くなったんだって。平成になる前、昭和の終わり頃だね」

「そうなんだ」

「曾おじいちゃんは喜助《きすけ》っていうんだけど、その喜助さんの話って、今までほとんど聞いたことがなかったの。でも元町百段の話が出てから、おばあちゃん、昔のことを思い出すようになったみたい。ひとつ、とっても気になることがあるというの」

なんだろう。千紗は問いかける目で菜々美を見た。

「喜助さんはね、子どもだったおばあちゃんによく、自分は外国の生まれだと言ってたんだって。なんとかっていうカタカナの町の名前を誇らしそうに言ってたらしい。おばあちゃんは素直に信じて、すごいなあと感心してたのよ」

「ふーん」

「ところが大人になってみると、おかしいと気づく。喜助さんはふつうの庶民の生まれで、昔は庶民が外国なんて、そうそう行けないわけよ。まして外国で子どもが生まれるなんて。おかしいと思ってあるとき、喜助さんのお兄さんに尋ねたら、大笑いされたんだって。産婆《さんば》さんが家に来て、生まれた赤ちゃんがおぎゃあおぎゃあと泣いてたのをよく覚えているって。それが喜助さんよ。本人も年がいってからは、死ぬまでに一度でいいからアメリカやヨーロッパの土を踏んでみたかったと口癖みたいに言ってた。矛盾してるでしょ」

「外国って言っても、東南アジアのどこかだったりしない？」

「ううん。喜助さんは戦時中、満州に渡った以外、外国には行ってない。おばあちゃんもアメリカっぽい名前だったと言うし。もともと面白おかしいことを大真面目に言って、バレたらけらけら笑うような人だったらしい。だから何かしらのジョークだったのではと、今にして思うんだって。千紗に聞きたいのはそこ、戦前、特に明治や大正時代に、横浜の中に外国があったのか、ってこと」

「え？」

「ほら、山手にはフランス山とかイギリス山とか、あったんでしょ？　大使館もいろいろあっただろうし、アメリカの都市の名前が付いた庭やお店があったかもしれない」

千紗はあわてて「でも」と口をはさんだ。

「産婆さんが来て、家で生まれたんだよね」

「だから……その家が、アメリカ山の中に建っていたとか。サンフランシスコっていう名前のレストランの敷地内だったとか、ロサンゼルスっていう公園の中だったとか」

「面白いけど、まさかあ」

肩をすくめて体を後ろに引くと、菜々美が身を乗り出してきた。

「真面目に聞いてよ。私、おばあちゃん孝行がしたいの。進路のことで話し相手になってくれたし、応援もしてくれた。昔から、おばあちゃんにはよくしてもらってるんだ。少しはお返しがしたい」

いつになく真剣な菜々美に、千紗も顔つきを改めた。

「おばあちゃんは本気で、喜助さんがどこで生まれたのか知りたいの？」

「今さらって、私も思うよ。おばあちゃんが珍しく思い出話をするから、ふんふんなるほどって耳を傾けてた。でも、昔の横浜に詳しい人がいたら聞いてほしいって、おばあちゃん自身が言い出したの。私、頼まれたんだ。菜々美ちゃん、お願いって」

おばあちゃんの本気度が言葉の端々《はしばし》からも伝わる。

「でもなあ……」

軽い気持ちでないならば、千紗としてはなおのこと目が泳いでしまう。バイトを始めて二ヵ月ちょっと。友だちには偉そうなことを言ってるが、二ヵ月間で得た知識だけが横浜蘊蓄のすべてだ。底はとっても浅い。

「明治とか大正とか、そんな昔のこと、すぐには調べられないかも」

「千紗からハマペコ編集長代理に聞いてみて」

「よっちゃんに？」

七つも年上なのにご近所のよしみ、昔からの呼び名を今でも使ってしまう。

「そうそう、あんたのだいじなよっちゃん。横浜に詳しいんでしょ。私もこのさい、頼りにしてる」

手を合わせお願いのポーズを取る菜々美に、体を後ろに引いてから、千紗は小さく息をついた。

今までさんざん善正の悪口を言っていた菜々美が、百段階段から入った話なのでむげにもできない。

仕方なくその場でノートとペンを出し、手がかりになりそうなことを尋ねた。

「まずはおばあちゃんのフルネームを教えて」

「竹井《たけい》博子《ひろこ》さん」

「生年月日」

「えー、わかんない。七十歳ちょっと」

「お父さんのお母さん？　それともお母さんの方？」

「ママ」

博子さんは現在、京浜急行六浦《むつうら》駅近くのマンションに住んでいるそうだ。菜々美は金沢文庫《かなざわぶんこ》駅。

「おばあちゃんは一昨年《おととし》まで相模原《さがみはら》市に住んでいたの。でもおじいちゃんも亡くなってひとりになって、ママとも相談してうちの近くに引っ越してきたんだ。元は横浜生まれの人だから、帰ってきたい気持ちがあったみたい」

「横浜のどこに生まれたの？」

菜々美は眉根を寄せ、「さあ」と首をひねった。

「そこは肝心かもよ。お父さんの喜助さんもいたわけでしょ。喜助さんの実家、生まれた家がどこなのかっていう話なんだよね」

しどろもどろになった菜々美に、博子さんへの聞き取り調査を依頼して、その日は別れた。

バイトの日ではなかったので千紗も帰路に就いたが、途中で善正にLINEをした。友だちの菜々美から昔の横浜について聞かれた。私じゃわからないと思う。今度、相談に乗ってほしい。

返事はあるだろうか。承知してくれるだろうか。時間を作ってくれるだろうか。

善正のお正月は三が日だけ休みになり、元日はほとんど寝ていたようだ。三日は用事が入って外出と聞きつけ、千紗は二日に家まで乗り込んだ。と言っても隣の隣だ。おばさんはにこやかに迎え入れてくれた。でも玄関先に立ったまま、家の中には上がらなかった。近くの氏神様でいいから、善正と一緒に初詣に行きたかった。誘ったLINEの返事はなかったが、断られなかったことを了解と拡大解釈し、約束したとほとんど嘘をついた。

おばさんは千紗の言葉を信じ息子を呼びに行き、ベッドでごろごろしていたのだろう、追い立てるようにして洗面所で顔だけ洗わせ、靴下をはかせ、ジャージの上下にダウンコートを着せて玄関に押し出した。

千紗が今年初めて見た善正は寝癖の髪を撫でつけもせずぼさぼさにして、いかにも眠たそうに大口を開けてあくびをしていた。千紗が着物を着ていることに、いつまでたっても気づかなかった。


博子さんは昭和十六年六月三日生まれ。母親は小春《こはる》さん。父親は喜助さん。どちらも大正生まれだそうだ。博子さんの生家はというと、今の磯子《いそご》あたりではなかったかと、本人が首をひねるようにして言う。うろ覚えなのは、博子さんの生まれたのが昭和十六年だから。太平洋戦争の勃発《ぼっぱつ》と重なる。

四年後の昭和二十年八月に戦争は終わるが、それまで親戚を頼っての疎開もあった。横浜に戻ってきても、度重なる空襲を受けて町はどこもかしこも焼け野原になっていた。喜助さんも満州に行ったきり、無事なのかどうかもわからない。

身を寄せていた借家は辛うじて焼失を免れていたので、細々と暮らし一年後、あるいはもう少し後か、喜助さんは戻ってくる。声をかけてくれる人がいて、親子は横浜を離れて、町田《まちだ》に転居する。

「それきり横浜には戻ってこなかったの？」

「うん。お墓も町田にあるし」

内陸の、おそらくは海の見えない土地で暮らし、そこに骨を埋めたことになる。

「おばあちゃん自身も自分が横浜生まれであることを、ほとんど意識することはなかったんだって。小学校にあがる頃に離れているからね。でも、娘であるうちのママが横浜に住むようになって、自分も越してきたでしょ。思うことはあるみたい」

学校の教室ではなく、パソコンルームで菜々美の話を聞いていた。ワードを開き、新しく得た情報を入力していく。別のウィンドウでは神奈川県全域の地図を表示する。

横浜市の磯子から東京都の町田に転居し、喜助さんはずっとそこで暮らす。博子さんは結婚して相模原市に住む。今は横浜市南部の六浦。

「博子さんの生まれが磯子だとすると、ご両親の新婚生活もそこでスタートしたんだろうね。喜助さんの実家もその近くかな」

「うん。おばあちゃんが言うには、喜助さんは海の近くで育ったみたい。子どもの頃、よく海水浴をしたんだって。その海では貝がよくとれて、せっせと潮干狩りをしたし、海苔《のり》の養殖も盛んだったらしい」

「海水浴場で潮干狩り？」

千紗は磯子をウィンドウの真ん中に置き、思い切りぐっとズームアップした。町として海には面しているが、なだらかな砂浜のようなものはなく、火力発電所やセメント工場の名前が記されているだけだ。

とりあえずわかっただけのことをまとめ、プリントアウトして鞄にしまった。前日はバイトのシフトは入っていないが、編集部に寄っていくつもりだった。今日の夜には原稿チェックの打ち合わせが入っているので、その前ならば席にいる確率が高い。話をする時間がなかったら、プリントした紙を渡すだけでもいい。

「私も行く。編集部でしょ。行く行く。編集長代理に会ってみたい」

「ダサくてかっこわるいんでしょ。人生の無駄遣いになるよ」

「ご挨拶しなきゃ。喜助さんのことよろしくって。それとも、千紗をよろしくの方がいい？」

「ダメ」

学校を出てからも菜々美はくっついてくるので、諦《あきら》めて編集部のフロアに向かった。いっそのこと善正がいなければと不在を祈ったが、こういうときにかぎって姿があるのはお約束だろうか。

編集部には善正の他に電話中の志田がいるだけだった。ふらりと現れた千紗を見て志田は小さく手を振る。それきり電話に集中するので、後ろからついてきた菜々美には気づかなかったようだ。

その菜々美は興味津々《きょうみしんしん》の雰囲気で、あたりをきょろきょろ見まわす。千紗は自分の席ではなく、善正の座る編集長デスクに歩み寄った。足音が聞こえたのか、ぼさぼさ頭が動く。デスクには細かい数字がびっしり印刷された書類が複数あった。ところどころマーカーの印が入っている。帳簿だろうか。

「あれ？」

挨拶より先に、善正は驚きの声を上げた。菜々美に気づいたのだ。千紗は先日のLINEに触れつつ、曾おじいさんの出生の地を知りたがっている友だちと紹介した。善正は眼鏡の奥の目を細め、口元を柔らかくほころばせた。こんにちは、はじめましてと笑いかける。菜々美はまるで恥ずかしがり屋の女の子のようにもじもじしながら、押しかけてすみませんと頭を下げた。

「明治から大正にかけての横浜の話だったね」

「そうなの。LINE、読んでくれた？」

菜々美の猫かぶりにあきれている場合ではない。

「さっき志田さんからも聞いたところだよ」

志田には昨日、バイトの合間に話しておいた。会話にのぼったというだけでも嬉しい。気にかけてくれているようで。志田ではなく、できれば善正が。

「何か、思いついたことはある？」

「もう少し手がかりがほしいな。喜助さんは横浜のどこに住んでいたんだろう。だいたいの場所でいいから」

「菜々美に頼んで聞いてもらったよ。おばあさんである博子さんが、小さい頃に住んでたところはわかったの」

千紗は鞄からプリントを取り出した。善正が不在だったときには机に置いていくつもりだった。直《じか》に渡せたのは嬉しいが、彼の目が壁の時計をちらりと見るのに気づく。仕事は今日も山積みなのだ。こうやって時間を取られては帰宅が遅れる。早く話して速やかに引き上げなければ。そう思うと、目の前に善正がいるのに千紗の心は明るくならない。

「磯子か」

善正が口を開く。

「あのあたりは空襲を免れたところが多いから、家が残っていても不思議はないね」

「へえ」

間の抜けた相槌《あいづち》を打つ。

「喜助さんの話に海水浴や海苔の養殖が出てきたなら、喜助さん自身が生まれ育ったのもあの界隈だろうと思う。今は埋め立てられ大きな工場が建ち並んでいるけど、昔はなだらかな砂浜が広がっていたんだよ」

再び「へえ」と言いそうになり、口をつぐんでうなずいた。

「肝心の、アメリカの地名についてだけれど」

善正は千紗を見たのちに、菜々美へと視線を滑らせた。今度は菜々美が「はい」と裏返った声を出す。

「プリントにはたとえばの例が載ってるよね。レストラン・サンフランシスコの敷地とか、ロサンゼルス公園の中とか。そういう路線でいいのかな？」

「いいと思います。たぶん冗談だったのだろうっておばあちゃんも言ってます。何かありますか。大正元年に、アメリカっぽい地名がついていた場所」

「根岸にあるよ。磯子の隣だね。あのあたりの海は昔から根岸湾と呼ばれているんだけれど、当時に限っていえば、またの名がある。ミシシッピ・ベイだ」

千紗も菜々美も目を瞬く。

「ミシシッピ？」

「えーっと、なんか聞いたことがある」

「アメリカだったっけ」

「そうだ。でもなんで」

とまどうふたりに、善正は楽しげに微笑んだ。

「名前を付けたのは、ふたりもよく知るペリー提督《ていとく》だよ」

「あの、ペリー？」

「黒船の人？」

善正によれば一八五三年、アメリカ政府の指令を受けたペリーは浦賀《うらが》沖に停泊し、日本政府に開国を迫った。主な目的は通商条約を結ぶためだ。幕府は協議がまとまらず返事を先延ばしにしたが、半年後の一八五四年、再び訪れたペリーに対し、話し合いの席を設けると約束する。

当時の世界情勢から見て、やむをえない流れだった。むげに突っぱねて武力行使の口実を与えてはいけない。軍事力に差があるのは引き連れている蒸気船の規模や数からして明らかだった。相手はこれみよがしに巨大な大砲を積んでいるのだ。勝ち目がないのならば、少しでも有利な条約の締結を目指さなくては。

幕府は考え、まずは江戸から離れた場所に接待所を置こうとした。アメリカ側は江戸に乗り込む気満々でいたが、日本側は少しでも遠ざけたい。両者の駆け引きの末に、選ばれたのが横浜だった。当時は百戸たらずの家がぽつぽつ建つくらいの小さな村。そこに海の玄関口としての港を造る。江戸にほど近いこともあり、アメリカ側も納得した。

そのとき、ペリーの持っていた横浜周辺の海図には、いくつかの独自の地名が書き込まれていた。本牧《ほんもく》の岬を「トリーティ・ポイント」、その横にそそり立つ崖《がけ》は「マンダリン・ブラフ」、根岸湾を「ミシシッピ・ベイ」。トリーティとは条約という意味で、マンダリンはオレンジ色、オレンジ色の崖という意味だそうだ。ミシシッピについては諸説あるが、ペリーの乗っていた船の名前というのが有力らしい。

地図はあっても日本人が付けた呼び名はわからず、船の上から見える岬や崖、島や湾に、ペリーは自分なりの固有名詞をあてがったのだ。他にもいろいろあると善正は言ったが、根岸や磯子の周辺にはなさそうで、菜々美のおばあちゃんには「ミシシッピ」に覚えがあるかどうかを聞いてもらうことにした。

その日の夜、千紗のもとに菜々美から電話があった。出てすぐに「やったよ、やった」と甲高い声をあげた。

「私がミシシッピじゃないかと言ったら、おばあちゃん、そうだったかもしれない、そんな気がするって涙声でさ。何十年かぶりに喜助さんに会えたみたいで胸がいっぱいになったたって」

「よかった。私まで嬉しいよ」

長いこと思い出せずにいたものが、ふっと蘇《よみがえ》る瞬間とはどんなだろう。深い霧が晴れるようだ、という表現を聞いたことがある。ほんとうは近くにあったのに、霧がかかっていて見えなかった。目にしてしまえば、忘れていたことの方が不思議になる。

「ありがとうね、千紗。おばあちゃんもすごく感謝していた」

「わかったのは私じゃないよ」

一瞬の間があいたあと、「よっちゃんだったね」と言われた。

「少しは見直した」

「少し？」

「たくさんだったらヤバイでしょう。感謝はいっぱいしている。千紗からお礼を言っといてくれる？」

了解して電話を切った。すぐに報告のメッセージを善正にＬＩＮＥした。返事代わりのスタンプを見たのは翌朝のことだった。スタンプの送信時刻は午前二時を過ぎていた。

一件落着かと思いきや、学校に着くと同時に菜々美が駆け寄ってきた。待ち構えていたらしく、教室に向かわず廊下のつきあたりまで引っぱられた。

「どうしたの？　ミシシッピじゃなかった？」

「ううん。それはビンゴ。大当たりだったからこそ、おばあちゃん、さらにいろいろ思い出したみたいなの」

千紗への報告のあと、おばあちゃんから電話がかかってきたそうだ。

「昔のことで、もうひとつわからないことがあるんだって。それをどうしてもつきとめたいって」

「なんだろ」

「私もわからない。できれば千紗に会って、直接話したいと言うから」

驚いて、「待って」と片手で制した。

「ミシシッピを教えてくれたのはよっちゃんだよ。菜々美も知ってるでしょ。私じゃ何もわからない」

「でもそのよっちゃん、忙しい人なんでしょ。とりあえず千紗が聞いてよ。私も聞くし。お願い。上大岡で美味《おい》しい物をごちそうしてもらおう。パンケーキでもワッフルでも、トッピングつけ放題」

強力な殺し文句でもって千紗の心を摑むと、菜々美は放課後、帰り支度をしている千紗の腕をがっちり摑んだ。そんなことをせずとも、話を聞くくらいはなんでもない。どういう話なのか興味はある。

連れて行かれたのはゆったりした雰囲気のティーサロンだった。よく知っている店だが、値段設定がやや高めなので高校生のお小遣いでは近寄りがたい。スポンサーがいればこそだ。

千紗たちの到着は待ち合わせの時間より早かったらしい。案内されて席に座り、メニュー表を眺めているとと菜々美のおばあちゃんが現れた。博子さんだ。淡いグレーのニットをエレガントに着こなした、おしゃれな人だった。髪の毛もきちんとセットしてある。微笑んだ目元が菜々美に似ていた。

はじめましての挨拶のあとも、ひとしきり恐縮された。

「ごめんなさいね、昨日の今日で。用事があったんじゃない？　菜々美ちゃんが強引に頼んだんでしょう」

よくご存じだ。うなずくわけにもいかずにいると、菜々美が「用事はない」と断言する。千紗と博子さんは顔を見合わせ笑ってしまった。それがきっかけとなり緊張感がやわらぐ。注文をあれこれ吟味するときにはすっかり和気藹々《わきあいあい》とした空気に包まれていた。

「ミシシッピについてはほんとうにありがとう。聞いたとたん父の顔が浮かんで、あそうかと震えが走ったわ。小学生くらいのときに言われたんだけど、それ以降は日常の中で耳にすることもなくて。すっかり忘れてた」

戦後間もなくの頃ならば、よけいに馴染みのないカタカナだっただろう。

「それで、何を思い出して、何をつきとめたいの？」

菜々美はいきなり本題に入る。急《せ》かされる形となり、博子さんは困り顔になった。視線をそらして口ごもる。菜々美が再び「おばあちゃん」と言いかけたので、千紗は横から突《つつ》いた。

「あの、もしも言いにくい話でしたら……」

「ううん。どこから話せばいいのか、ちょっと悩んだだけ。私が知りたいのは父が生前、いつかと約束した場所なの」

「約束？」

博子さんはゆっくりうなずいた。

「母にプロポーズするときに言ったのよ。自分は見晴らしのよいとびきりの場所を知っている。今は入れないけど、いつか君を連れて行きたい。そのことをずっと夢見ていたって。でも母はもともと体が丈夫な方ではなくて、私が十二歳のときに風邪をこじらせて亡くなってしまった。悲しくて寂しくて毎日泣き暮らしたわ。そしたら父が、母との約束は果たせなかったけれど、かわりに私を連れて行くと言ったの。今は無理だけど、きっといつかって」

「それが、知りたい場所ですか？」

「ええ。ミシシッピと同じで記憶は月日が経つにつれ薄らいでしまったわ。とても大切な約束だったのに、いつの間にか思い出すこともなくなっていた。でも父が亡くなる前、そうね、ひと月くらい前だったかしら、私に言ったの。あの約束が果たせずじまいだと。小春さん——私の母よ、にも、博ちゃんにも、素晴らしい眺めを見せてあげたかった。叶わなかったことが、たったひとつの心残りだと」

ウェイトレスさんが紅茶を持ってやって来た。三人分のティーポットとカップを置いていく。誰も手を出さなかった。ふっくらと丸みを帯びた白磁《はくじ》の器をぼんやり眺める。続いてワッフルやフルーツ、アイスクリームの載った皿がテーブルを華やかに彩る。

召し上がれと言われ、千紗と菜々美はやっとフォークを手に取った。博子さんは飲み物しか頼まなかった。自分のカップに紅茶をそそいだあと、千紗たちのカップにもそれぞれのお茶をついでくれた。ワッフルの甘い香りとお茶の清々しい香りが溶け合う。

「手がかりみたいなものはほとんどないの。だからほんとうに雲を摑むような話ね。そこがどこなのか知りたいなんて。でもこのまま場所さえわからないというのが、なんだか寂しくて」

それこそ博子さんの心残りになりそうなのだ。

「今なら行けるんじゃないかしら。行ければきっと何よりの供養になると思うの」

アイスクリームをすくった菜々美が、口に入れながら尋ねる。

「曾おじいちゃんが元気なうちに、一緒に行くことはできなかったの？　話を聞いてから亡くなるまで一ヵ月はあったって言ったよね。動けないくらい、具合が悪かったの？」

博子さんは首を横に振った。

「入院はしてたけど、一時退院を繰り返していたわ。だから行こうと思えば行けたのよ。車を出せば移動もらくだし、その頃住んでいた町田からも、横浜なら半日で行き来できるでしょ。でも曾おじいちゃんは『まだダメ』の一点張り。今出かけても、眺めのいいところまでは行けないからって」

「そのときも場所は言わなかったの？」

今度は博子さんの頭が縦に動く。

「いつも冗談ばかりの明るくひょうきんな人だったけど、へんなところで頑固なのよ。その日が来たら自分が連れて行く、というのを最期まで曲げなかった」

千紗は「あのう」と控え目に声をかけた。

「最期というのはいつ頃なんでしょうか」

「父が亡くなったのは昭和五十八年。七十一歳だったわ。今から何年前かしら」

「三十数年前ですね」

「あら、そんなになるんだわ。もしかしたらその場所、もうなくなっているのかもしれない」

不安げな顔になった博子さんは、手にしていた白磁のカップをソーサーに置いた。

カチャリと小さな音がして、琥珀色《こはくいろ》の紅茶がさざ波を立てる。

大丈夫ですよと言いそうになった。言えたらどんなにいいだろう。けれど安請け合いはできない。ペリーが浦賀沖に現れてから、百数十年の時が流れている。鎖国が終わり維新があって、年号も明治に改まる。やがて大正へと移り変わり、その大正十二年に関東大震災が起きる。横浜も大きな被害に見舞われた。亡くなった人の数は膨大で、建物のほとんどは燃えつきた。けれど町は再建され、昭和になると太平洋戦争が勃発。今度は大空襲により町は再び破壊され、終戦。それからも七十年が経っている。

博子さんは昭和十六年六月に生まれた。終戦の年に四歳。母の小春さんは三十歳だったそうだ。父である喜助さんは三十三歳だった。

プロポーズのときに、見晴らしのいい場所に連れて行くと約束したのなら、博子さんの生まれる昭和十六年より前から、そこは存在していたのだろう。そして小春さんが亡くなったとき、博子さんに向かって、代わりに連れて行くと言った。戦後も残っていたのではないか。

どこだろう。

大正生まれの男性が、思えばとてもロマンチックなプロポーズをしたのだ。自分も行ってみたいと千紗は思った。今でもまだ存在しているのならば。

美味しいおやつをご馳走になり、菜々美とは「その場所」探しを約束して別れた。善正をすぐに頼らず自分たちでも頑張ってみようと話したのだ。

帰宅するとリビングルームから話し声がした。玄関にお客さんの靴はなかったので、怪訝《けげん》に思いながら廊下を行くと母親が誰かと電話している。えー、ほんとう、いいなあ、むりむり、お金ないもんと、大きな声でしゃべっている。

放っておくことにして、千紗が踵を返したそのとき、「恵里香ちゃん」と聞こえた。廊下の真ん中で足が止まる。

「大丈夫なのかしら。ううん、初耳。そりゃお年頃なんだから、相手がいてもおかしくないけど。うんうん、へえ、そうなの。まあねえ。結婚する気はあるわけ？」

結婚？　誰が？

千紗は聞き耳を立てたが、具体的な話はわからずやがて電話は切れた。しんと静まりかえり、母親が台所に立つ気配がして、千紗はリビングへのドアを開けた。

「あら、帰っていたの？　びっくりするじゃない。ただいまくらい言いなさい」

「帰ったらお母さんが電話してたんだよ。相手は誰？」

「容子《ようこ》叔母さん。今度ね、アメリカに行くかもしれないんだって。いいわねえ」

母方の祖母の妹だ。千紗の母とは年が近いので仲がいい。

「それで恵里香ちゃんの話が出たの？　結婚って何？　もしかして恵里香ちゃん？」

「やだ、聞いてたの」

「聞こえたんだよ。大きな声でしゃべっているから。私にも教えて」

他ならぬ恵里香の話だ。地団駄《じだんだ》踏むようにして急かしてしまう。

「だから、容子叔母さんがアメリカ旅行を計画してて、向こうで恵里香ちゃんに会えないかと連絡を取ったんだって。そしたら恵里香ちゃん今、男の人と暮らしているらしいの」

千紗は血の気が引くのを感じた。今年二十五歳になる恵里香に、付き合っている男性のひとりやふたり、いてもなんらおかしくはない。恋人と連れだって歩くニューヨークの街角は、映画のワンシーンのようにさまになっているだろう。

単純に考えればそうなのだけれど、善正の気持ちを思うと千紗の心はゴムマリのように伸びたり縮んだり、よじれたり潰れたりと平静でいられない。恵里香に恋人がいて、すでに一緒に住んでいて、もしかしたら結婚するかもしれない。これを善正が聞いたらどう思うだろう。

家庭の事情があって恵里香が千紗の家にいたのは八年前だ。恵里香と善正は共に高校生だった。ふたりがどういうきっかけで言葉を交わすようになったのか、詳しいことはわからない。千紗の家の二軒隣が善正の家なのだから、高校はちがっていても通学路で顔を合わせることはあったのだろう。

一緒にいるところを見たのは、友だちの家に遊びに行った帰りだった。住宅街の中に設けられた小さな公園のベンチに並んで座っていた。最初は善正の姿に気づき、その隣に恵里香がいて目を見張った。善正の優しい眼差しや笑みはよく知ってるはずだったのに、初めて見たような気がしたのは、小学生ながらも女の子だったからだ。いつもとちがうという直感はとても正しかった。

それから顔を合わせるたびに善正から恵里香のことを聞かれた。今家にいるのか、誰かと一緒か、何をやっているのか、いつまでいるのか。千紗は面倒くさいと思いつつも、ひとつひとつ答えてあげた。やがて数ヵ月という滞在を終えて、恵里香は自宅に帰っていった。いつもの日常に戻るとばかり思っていた。善正がしょんぼりしてたら慰めてあげればいい。

けれど果物のお裾分けに行ったとき、善正の家から出て来る恵里香と遭遇した。後ろから現れた善正は彼女を「恵里香」と呼び捨てにしていた。果物をどちらに押しつけたのか、気が動転してよく覚えていない。家に戻ったあとは母親の目を避け、二階に上がると自室のベッドに突っ伏した。

七つも離れている小学生には、高校生の恋愛は雲の上の話だ。混乱のあまり泣いてしまったが、ふたりの姿に憧れもあった。恵里香にはかなわないという思いは最初からある。驚きや寂しさをいなしてしまえば、自然と涙も止まる。

ほろ苦い思い出になるはずだったのに、数ヵ月後の法事で再会したとき、恵里香は善正との付き合いを一笑に付した。いい友だち。家に行ったのはあれが最初で最後。見たかったビデオを見せてもらっただけ。それ以上に思ったことはない。きっとこれからもない。恋愛の対象には考えられない。

アハハと、一緒に笑えたらどんなにラクだっただろう。今ついているため息の数は三分の一にも四分の一にも減っただろうが、でもそんなのはもう自分ではないのだ。

二日間のバイトを挟んでの日曜日、千紗は菜々美と桜木町駅前で待ち合わせた。

喜助さんの約束した場所を、まずは自分たちで探してみようと話し合っていた。前日のバイトで善正にはあらましだけでもと聞いてもらったが、菜々美との探索を話したせいか、アドバイスではなく「頑張ってね」という励ましの言葉のみで終わってしまった。

「まあいいか。それっぽいところを絞って、また相談してみれば」

「見晴らしのいいところだよね。とりあえずあそこに」

「菜々美、どこ行くの」

桜木町の駅前から、菜々美は迷うことなくすたすた歩いて行く。

「どこって決まってるでしょ。ランドマークタワー。横浜で一番高いビル」

「あれがいつ出来たと思っているの。私たちが探すのは、戦前からある場所なんだよ」

「あの半分くらいのが建ってたんじゃない？」

そう言われると急に自信がなくなって、ふらふらとくっついて行ってしまう。ランドマークタワーの入り口まで来たところで、展望台にあがるのにはお金がかかるとわかり、にわかに菜々美はちがうかもねと言い出した。

一番高いところからの眺めも地形を知る上で有意義な気がしたが、とりあえず相談できそうな場所を探し、千紗は鞄から本やプリントを取り出した。志田から借りた昔の横浜についての資料だ。

ランドマークタワーの建つあたりは、かつて船の修理場があったそうだ。

「ドックって言うんだよ」

「犬？　船なのに犬？」

「ああそれね、私も前に志田さんに同じこと言った。犬はドッグで、修理や点検をするのはドックなの。ほら、人間ドックっていうでしょ」

話しながらも資料の中から当時の写真をみつけ出した。菜々美が「わあ」と声を上げる。過去だけでなく、現在の写真も添えてあるのでわかりやすい。今は日本丸という帆船が停泊している目の前の海に、大規模な船の整備施設が作られていたらしい。

「ランドマークタワーはなさそうだね」

「でしょ。わかってくれてよかった」

「っていうか、昔は高い建物ってあったのかな」

ペリーの来航により日本の鎖国は終わりを告げ、横浜に港ができた。今の街を思うと小さな村だったとは信じがたいが、資料を見ればそうだったらしい。開港の後は建物が建ち並び、港にはたくさんの蒸気船が浮かび、桟橋や通りは多くの人でにぎわっていた。

「あっという間に大きな街になったんだね」

「でも千紗、高い建物はなくない？」

菜々美の言葉にうなずく。

「ランドマークタワー以外の展望台って言えばマリンタワーだけど、建ってないね」

今は山下公園の近くにすらりとした雄姿を見せている。資料によればマリンタワーができたのは一九六一年、昭和の中頃だ。

「タワーじゃなくて、建物かな？」

千紗は思いついたことを口にする。

「なんの？」

「たとえばホテルだったらもうあったみたい。写真を見ると、銀行や税関の建物も高そうだし」

「煙突もあるね。工場の煙突。これも上に昇ったら見晴らしがいいんじゃない？」

「喜助さんって、職業はなんだったの？　聞いてくれた？」

「聞いた聞いた。植木職人だったんだって」

千紗は「へえ」と相槌を打ったあと、首を傾げた。

「工場の工員さんなら煙突も考えられるけど、植木屋さんはちがうか」

でもそうやって考えていけば、銀行や税関の建物もむずかしいのかもしれない。外部の人が中に入り、眺望を楽しむことはなかっただろう。菜々美が呟くように言う。

「木の上で仕事するってことは、高いところが得意ではあったよね」

「そうだよ。話はちゃんとつながっているんじゃない？　たとえば高い木の上で仕事をしていたら、そこからの眺めがすごくよかった。でもふつうの人には行けない場所で、木のそばにある建物に連れて行ってあげれば、見せることができる。そう考えたのかも」

「ああ、なるほど。だったら、大きな木の高さくらいの建物だね」

博子さんが一緒に行こうとしても「まだダメ」と言ったのは、中に入る手段に問題があったのかもしれない。古い建物でも、今では博物館や資料館として一般公開されている場合がある。

千紗と菜々美は桜木町の駅前からバスに乗った。海に向かって走り出す。いつもだったらシートに座るなりぼんやりするだけだが、今日は車窓から見える景色に目が釘付けだ。年代物の建造物がよぎると、窓ガラスに顔をくっつけてしまう。

千紗たちはみなとみらい線の日本大通《にほんおおどお》り駅でバスを降りた。海に向かって突き出た大さん橋の付け根に当たる場所で、横浜市開港記念会館、神奈川県庁、横浜開港資料館が徒歩圏だ。どれも古い建物でガイドブックには必ずと言っていいほど載っている。戦前に建てられ、今も残っている。可能性はあるだろう。

どこから何を調べればいいのか、きょろきょろしていると菜々美のスマホに着信があった。おばあちゃんからだと言う。今日の外出については話していたらしい。

「うんうん、千紗と一緒だよ。今ね、バスで日本大通りに出たとこ。大さん橋の近く。あ、思い出したこと？　うん、言って。富士山？　へえ、そうなんだ。何かわかるといいね。待ってる」

電話が切れたところで、千紗は「なになに」と菜々美の腕を揺さぶった。

「曾おじいちゃんと一緒に働いてた人がまだお元気なんだって。もう百歳近いけど、何か知ってるかもしれないから聞いてみるって」

「富士山ってのは？」

「見晴らしについて、おばあちゃんが思い出したの。亡くなる前じゃなく、もっとずっと昔の話。喜助さんはとびきりの場所について、ミシシッピ・ベイも富士山も見えたと言ったらしい。ミシシッピ・ベイは聞き慣れない言葉だったから、記憶があやふやになってたけれど、今度のことで思い出したでしょ。たしかにそう言ったってさ」

「富士山とミシシッピ・ベイ、両方が見えたの？」

「うん」

千紗は鞄から再び地図を取り出し、道行く人の邪魔にならないところでそれを開いた。

「今の話、手がかりになる？　でも高いところに昇れば、だいたいは海や富士山って見えるよね。千紗、どうしたの、へんな顔して」

「ミシッピ・ベイはここから見えるのかな」

「は？」

眉をひそめる菜々美にもよく見えるように地図を差し出す。

「今日みたいな天気のいい日なら、高いところから遠くまで見晴らせるよね。このあたりだと、海の向こうに東京とか千葉とか」

千紗は体をひねり、大さん橋の方角を指で差した。地図からすると東の方角だ。

「でも、根岸はあっちだよ」

指を九十度動かして南に向けた。

「この先の南方向には元町商店街があって、昔は前田橋の突きあたりに百段階段がそびえていた。つまり、階段が百段あるくらいの高台があるんだよ。ほら、港の見える丘公園って言うでしょ。名前に『丘』が入ってる。フランス山とかイタリア山とか呼ぶ人もいた。そこは洋館や学校がいくつも建つくらい広くて、そのずっとずっと先に根岸湾がある」

「何が言いたいの？」

「私たちが今いるところからミシシッピ・ベイを見るのは、たぶんすごくむずかしい。ランドマークタワーの展望台なら別だけど。あそこは六十九階だもんね」

菜々美は大通りを行き交う多量の車と、建ち並ぶ近代的なビル群と、信号待ちで増えていく人々を眺めながらため息をついた。

「だったらどこに、ミシシッピ・ベイと富士山の両方が見られるところがあるの？」

「こっちじゃないなら、向こうだよ」

「向こうって？」

「だから南方向の、山手の丘の上。そこに立てば……」

千紗は十二月に訪れた場所を思い浮かべた。港の見える丘公園からの眺めは、今とほとんど同じ、東に開けた海だ。根岸は反対方向。そちらに海は見えなかった。

「おかしいな。どこに行けば根岸や磯子は見えるんだろう」

海はもちろん繋がっている。大さん橋からベイブリッジをくぐり、本牧埠頭をまわりこめば根岸湾だ。手元の地図を眺め、やっと地形がわかる。本牧地域が海に突き出たコブの形をしている。コブによって視界が遮られるのだ。

「根岸に行くしかないよ。そっち側から攻めるべきだった」

「何かあるのかなあ。こっちの方が名所旧跡はいっぱいあるのに」

口を尖《とが》らせた菜々美の気持ちはわからないではない。山下公園も中華街も元町商店街も近くにある。お昼をどこで食べようかと楽しみにしていたのだ。

結局、作戦の立て直しも兼ねて移動する前に早めのランチをとることにした。カフェのテーブルに着き料理を待つ間に、現状報告として善正にＬＩＮＥした。

「まめだねえ」

菜々美にひやかされ、千紗は苦笑いを浮かべた。

「もっとシビアな現状もあるんだけどね」

何かと問われ、恵里香のニューヨーク情報を話した。母親の聞きかじったところによれば、相手の男は向こうで知り合ったアメリカ人らしい。

「よっちゃんって、もう告白はしているの？」

「たぶんね」

「ふたりは長いこと会ってない？」

「どうかな。恵里香ちゃん、たまにこっちに帰ってきてるから。そのとき会おうと思えば会えるよね」

「恵里香ちゃん、こっちにいるときは、付き合っている人っていなかったの？」

美人で賢く優しいおねえさん、という従姉妹だが、昔から何を考えているのかわからないところがあった。家庭環境が複雑なせいもあるだろう。両親はかなり揉めた揚げ句に離婚し、恵里香は父と暮らすことを選んだ。親権も父が持つようになったが、別れて住み始めた母は不安定になったらしい。次々に問題を起こした。アメリカに渡ったのも日本での息苦しさがあったのかもしれない。

この花、エリカっていうのよ。

千紗の家にしばらくいたとき、近所までのお使いの道すがら、恵里香は薄紅色の花を指差していった。善正の家の前だった。ちょうど庭におばさんがいたので話し声が聞こえたらしい。「千紗ちゃん」と声をかけられ、恵里香と一緒に挨拶した。

そうそうこれはエリカよ。花は繊細だけど意外と丈夫なの。そんな話をしていると善正もひょっこり顔を出し、庭に降りてきた。花の名前を教えると、知らなかったらしい。驚いた顔をしていた。千紗の隣に立つ恵里香を見るときは眩《まぶ》しそうに目を細めていた。

今も庭木のエリカは毎年可憐《かれん》な花をつけ、その前にたたずむ善正を見かけたこともある。彼の心の中にも、意外と丈夫に根付いているのだ。

日本大通り駅から根岸まで、ルート検索をするとバスで行けることがわかった。バス停で待つこと十分弱、市営バスがやってきた。さっきと同じように乗り込み、車窓からの景色をずっと眺めていた。バスは元町商店街を横切ったのち住宅街に入った。くねくねした道をだんだん上がっていく。やがて根岸森林公園に出て、そこから下り道だ。

窓に張り付いて目を凝《こ》らしたが、海の方角に見えるのは、埋め立てられた工場地帯に立つ煙突だけだった。

バスは三十分ほどかけて、根岸駅に着いた。桜木町や関内、みなとみらい地区とは雰囲気がまったくちがっていた。駅の南側は工場地帯だ。石油コンビナートの丸いタンクや大きな四角い工場、白い煙を吐き出す煙突が、視界のはじからはじまで続いている。

駅の北側は背の高いオフィスビルやマンションがにょきにょき建ち並び、その合間に緑色の茂みが見えた。木々に覆われた急斜面があるのだ。あの上に立てば根岸湾がよく見えそうだが、たった今、自分たちはそこからバスで降りて来た。

海は見えにくく、戦前からあったような建物も見当たらなかった。地図で確認しても太字で書き込まれているのは森林公園だけだ。

根岸駅近辺でなくても、根岸湾と富士山の眺められる施設があればいい。バスの中でそれなりに候補は考えていた。本牧山頂公園とその近くにある本牧神社だ。山頂と付いてるからには標高があるのだろう。神社も建物ではないか。

バスで行けるらしいので時間を調べ、待っている間は駅のまわりをうろうろした。ベビーカーを押した人やのんびり歩く年配の人たちにすれちがうだけで、なんの手がかりも得られない。

貸してもらった資料からすると、駅前付近は昔々、大波小波が打ち寄せる砂浜だったらしい。山手で暮らす外国人が風光明媚《ふうこうめいび》な浜といって喜び、海水浴を楽しんだとある。白黒の写真も掲載されていた。砂浜が弧を描くように延び、写真の奥にはごつごつした崖が海に向かってせり出している。波の音が聞こえるだけの、明るくのどかな雰囲気が伝わってくる。

いったいどこの風景だろう。まわりをきょろきょろ見まわして、千紗も菜々美も途方に暮れる。目に映るのは窓ガラスがびっしり並んだ四角いビルと、駅のホームと高速道路と、丸いフォルムの石油タンクがいくつか。

「喜助さんの生まれ故郷なんだよね」

「海水浴と貝拾いだっけ」

「よっちゃんも言ってたね。砂浜が広がっていたって」

　町田に移り住んだあと、戻ってこなかった気持ちがわかるような気がした。過去の面影はどこにもない。

「なんで埋め立てちゃったんだろう。海水浴場の方がいいよ。この写真だと江《え》の島《しま》や伊豆みたいな感じ。横浜にそういうところがあったらみんな喜ぶよね」

　菜々美に言われて千紗もうなずいた。

「もったいないね。せっかく綺麗なところだったのに」

「工場より砂浜がいい」

「喜助さんは知ってたよね。ここがすごく変わってしまったことを」

　資料によれば埋め立てが始まったのは昭和の中頃らしい。

　時間になり、やってきたバスに乗って本牧へと移動した。神社は小高い山の中腹にあり、頑張って石段を昇っていくと見晴らしのいい場所に出た。期待通りに根岸湾、ミシシッピ・ベイが見える。角度によっては富士山も望めるのかもしれない。

　候補のひとつに入れてはどうか。そんな話をしていると菜々美のスマホにまたおばあちゃんから電話があった。

「私たち、バスに乗って根岸の方に来たんだよ。埋め立てられてて工場ばっかりだけど。ミシシッピ・ベイの見える場所をみつけた。うんうん。そうなの。へえ、電話、つながったんだ。よかったね」

どうやら向こうにも進展があったらしい。長めの通話が切れてから、千紗は逸《はや》る気持ちで尋ねた。

「喜助さんの仕事仲間の話、聞けたの？」

「かなりばっちり。見晴らしのいい場所について、心当たりがないかと尋ねたら、喜助さん、横浜時代のことはときどき話していたんだって。すごく楽しそうに、けっこう自慢っぽく。あるとき女の人の帽子が風に飛ばされるのを見て、自分も昔、あんなふうに飛んでしまった帽子を取るよう頼まれたことがあったって。すごく立派な施設があって、その庭の手入れのために喜助さんは敷地の中に入ったそうなの。そしたら顔見知りのアメリカ人がいて、ちょっと来てくれと手招きされたんだって」

窓から身を乗り出していた女性の帽子が風に煽《あお》られ飛んでしまい、建物の軒先に引っかかった。なんとかならないかと相談されたそうだ。身軽で気のいい喜助さんはふたつ返事で引き受けた。建物の中に入り、エレベーターで上の階にあがり、外壁の突起物を足場にして無事、帽子を救出したという。

「つばが広くて軽くてふわふわの、エレガントな帽子だったらしい。持ち主は金髪美人だってさ。そのとき喜助さんは建物から富士山とミシッピ・ベイを見たわけよ。あとともうひとつ、廊下のつきあたりに素晴らしく厳かな扉があって、あれはなんだと尋ねたら、貴賓室だと教えられたんだって。貴賓室だよ」

千紗は目を瞬いた。菜々美はすごいよねえと破顔する。

「つばの広い帽子って、女優帽のことかな。金髪も今とちがって本物だよね」

「菜々美、はしゃいでる場合じゃないよ。ここはちがうってことだよ」

振り返り、千紗は本牧神社を指差した。苔《こけ》むした風格ある社殿が、深い緑に抱かれるようにして鎮座している。ひょっとしたら貴賓室はあるかもしれない。アメリカ人も、帽子をかぶった金髪美人も、植木職人も出入りしていたかもしれない。けれど、さすがにエレベーターはないだろう。今も、昔も。

「エレベーターや貴賓室なら、山の向こうの関内や山下町にはあるかも。税関やホテルだってあったんだから」

「でも山の向こうはちがうんでしょ？」

たしかに。急いで地図を開く。

「こっちには三溪園《さんけいえん》がある。あれは厳かで立派な庭園だよね」

「貴賓室はあるかもだけど、エレベーターは？」

「ないような気がするよね。庭だもん。こっちにもホテルがあればいいのに」

「千紗、あるよ。ママに聞いたことある。磯子の高台に立派なホテルがあったんだって。写真も見せてもらった。ほんとうに丘の上にどーんと建ってるの。あそこならエレベーターも貴賓室もあるよ。眺めもばっちり」

急いでキーワード検索をかけた。磯子にあったのは「横浜プリンスホテル」のようだ。なるほど菜々美が興奮するだけあって、画面に表示された写真を見る限り高台に雄々しくそびえている。王様のようなホテルだ。けれど。

「ダメだ。できたのが戦後だよ。博子さんが生まれてからずっとあと」

プロポーズのときに話せるわけがない。検索して調べ直せば、ホテルのあった丘の上には昭和初期、旧皇族・東伏見《ひがしふしみ》伯爵の別邸が建っていたそうだ。今でも貴賓館として残り、レストランとして営業しているという。とても魅力的だが、喜助さんの知り合いの話では、別邸ではなく建物の中に貴賓室はあったらしい。

「惜しい」

「もう、なんだろう。あっちではこの条件が合い、こっちではこの条件が合い、でも、あれがちがう、そこがちがうで、どれをも満たすのがないの」

結局その日は三溪園までぶらぶら歩いて行き、日も暮れてギブアップ。再びバスに乗って帰路に就いた。

週明けの月曜日、学校に行くと、「昨日はありがとう」と菜々美がしおらしく頭を下げた。どうしたのかと思ったら、お礼を忘れないようにと家族にしつこく言われたそうだ。

「でも、なんの成果もなかったよね」

「そんなことないよ。うちは今、空前の横浜ブームが来てるの。昨日のことも船のドックや、どっちの海が見えるのかって話ですごく盛り上がった」

「博子さんも？」

「ああ、おばあちゃんはちょっとしんみりしてるね。喜助さんや小春さんのことをいろいろ思い出すから。でも、すごくいい機会だと言ってた。それでね」

菜々美は鞄の中から封筒を取りだした。中にはセピア色に変色したモノクロ写真が入っていた。大きさはまちまちだ。小さいのはショップカードくらい。それをのぞきこんで千紗は目を瞬く。

ランニングシャツに半ズボン、下駄を履いた男の子と、麦わら帽子をかぶった女の子が並んで写っている。男の子は口を開けて笑っているが、女の子は恥ずかしそうな上目遣いだ。

「これってもしかして、喜助さん？」

「そうなの。でもって隣にいるのが小春さん」

「こんなに小さいときから知り合いだったの？」

「家が近所で、幼なじみだったんだって」

「へえ」

数人の子どもたちが学校らしき建物の前で写っている写真もあった。身につけている衣服は質素だが、どの子も表情が生き生きしていて、にぎやかな話し声が聞こえてくるようだ。

次に見せられたのは家族写真で、喜助さんの一家だろう。お母さんが着物姿で髪も結っているのに驚く。きょうだいは四人いたようで、その子たちも半分は着物だ。小春さんの写真も出てくる。親戚の人なのか、実のお姉さんなのか、赤ちゃんを抱っこした女性に寄り添って、笑顔でおさまっている。小春さんはレトロなセーターを着ていた。

次はその小春さんの立派な和装姿だ。畳敷きの部屋に椅子を置き、そこに腰かけている。黒地に花柄の裾模様がほどこされた着物。刺繍《ししゅう》の豪華そうな帯。白い襟。結い上げた日本髪には白い布がかぶさっていた。

「角隠《つのかく》しだよ」

「花嫁衣装だね」

ひっくり返すと「鶴見　山谷《やまたに》邸にて。小春祝言。昭和十五年五月」とある。

結婚式に向かう前の、控え室での撮影らしい。この翌年、博子さんが生まれている。

素晴らしい眺めの場所にいつか君を連れて行きたい、そうプロポーズのときに語ったのは、昭和十五年五月より前になる。その場所＝富士山と根岸湾が見えて、エレベーターや貴賓室が建物の中にあって、外国人も出入りし、植木職人である喜助さんも庭木の手入れに訪れていたところは、戦後も残っている。いったいどこなのだろう。

「結婚式の写真はないの？」

「あったんだけど、ピンぼけだからって、ママがこれしか貸してくれなかった」

次の写真はもう戦後だ。親子三人の仲むつまじい姿が写っていた。小春さんと喜助さんと、小学校低学年くらいの博子さん。裏を見ると「昭和二十四年。町田の家の庭。初めてのお正月」とある。

千紗は数枚の写真をあらためて見返した。ほんの子どもの頃の喜助さんと小春さん。成長してお年頃になり、結婚して子どもが生まれ、一家を構える。間に戦争はあったし、小春さんは早くに亡くなってしまう。つらいこと、大変なことはあっただろうが、幼なじみのふたりがたどった一生に、つい引き込まれる。

町田の家の庭先で撮った一枚は、とりわけ千紗の印象に残った。

その日の放課後、千紗は学校を出るとバイト先であるハマペコ編集部に向かった。

郵便物の仕分けや届いたメールの振り分け作業という雑用の他に、特集記事に添えるイラスト描きも頼まれていた。

昨日、休日出勤だった善正はいないとばかり思っていたが、思いがけず編集部にいて明るく元気に編集部員たちと雑談していた。対談企画がスムーズにすすみ、その原稿を夜中に書き上げ、仮眠室のソファーベッドでいつになくぐっすり熟睡したそうだ。昼前に起き出して近くのスパに行き（編集部は割引券に事欠かない）、ゆっくり風呂に浸かってきたとのこと。さっぱりした顔をしているし、シャンプーの匂いまでさせている。

「千紗ちゃんも昨日は頑張ったね」

「LINE、読んでくれた？」

「さっき遅いランチを取りながら、じっくり読んだよ」

「ほんとう？」

「場所によって見える海がちがうっていう発見やら、喜助さんの職業やら面白かった」

リラックスしている善正と話せるのは久しぶりな気がした。彼にとっては代休の日なので、編集部員にいくつかの連絡をしたのち帰るらしい。

「LINEにも書いたけど、条件を満たす場所がぜんぜん浮かばないの。張り切って探し始めたのにもう挫折しかかってる。どうしよ。よっちゃん、思いつくのある？」

無理だろうなと半ば思いながら尋ねた。善正だって市内のすべての建造物を把握しているわけではないだろう。

「たぶん、あそこだろうなというのはあるよ」

耳を疑う。今、なんて？

「最初に話を聞いたとき、喜助さんが亡くなる前に口にした、『まだダメ』というひと言が気になったんだ。どういう意味だろうって。『今出かけても、眺めのいいところまでは行けないから』という補足説明もあったろ」

千紗は「うん」とうなずく。それが何か？

「喜助さん、もしかして足腰が弱くなっていたのかもよ。体調を整えなきゃ行けないところだったんじゃないの？」

「喜助さんではなく、建物の都合だったと思うんだ。喜助さんならば足腰の丈夫なうちに行けばよかった」

「建物の都合？」

「行ってもまだ中には入れない、という建物側の不都合だよ。もしも戦争で破壊され、修復を待っているとしたら、戦後四十年近く経っている時期だ。直せるものは直っているよ。『まだ』という希望を持ちつつ、今は『ダメ』という状況に建物はあった。ひとつだけ、浮かんだものがある」

千紗はポカンと開けていた口を閉じ、先を促す真剣な目で善正を見つめた。

「接収だよ。喜助さんの行きたがっていた場所は太平洋戦争の終結後、アメリカ軍に占拠されたのではないか。そう思うと辻褄が合う」

聞き慣れない言葉だったが、ハマペコ編集部でバイトを始めてから数ヵ月、記事の中で見かけたことがある。戦争に負けた国が、勝った国にさまざまな施設を取り上げられる、それが接収だ。横浜も多くの建造物がアメリカのものになった。年月を経るうちにほとんど返してくれたはずだが。

喜助さんが亡くなったのは昭和五十八年。終戦は二十年。つまり戦後、四十年近くが経過している時期だ。

「まだ接収は続いていたの？」

「希《まれ》なケースではある」

「横浜、ううん、根岸のいったいどこにそんな場所が――」

千紗は急いで地図を取り出し、編集部のデスクに広げた。根岸地区に視線を向ける。善正の指先がすっと伸びて一ヵ所に止まる。

根岸森林公園。

「ここは昔、競馬場だった」

千紗は困惑し、不満顔で肩をすくめた。

「こんなところに？　山のてっぺんだよ。牧場？　それとも馬の練習場？」

「いいや。正式にレースも行われ、大盛況だった」

思わず「うそぉ」と声が出る。

「昨日、バスでそばを通ったよ。森林公園のまわりは静かな住宅街だった。町中からも離れているし」

「西洋人は競馬が大好きで、開港直後から居住区の中にレース場を造ってしまうほどだった。でもそれは簡易版で、もっと正式なものをと日本政府に掛け合い、政府も重い腰を上げることになる。そして根岸の山の上に横浜競馬場を建設する。できあがったのは明治維新より前なんだよ」

「そんな昔！　江戸時代じゃない」

善正は笑いながら背後の書棚に手を伸ばし、数冊を引き抜いた。ぱらぱらめくって見せてくれたのは競馬場のモノクロ写真やイラストだった。楕円形《だえんけい》のレースコースはじっさいに馬が走るところだ。観覧するためのスタンド席や、二階建ての瀟洒な建物も設けられている。日の丸の旗がひるがえっていた。

「日本で初めての本格的な競馬場だ。残念ながら、観覧施設は関東大震災で崩壊してしまう。かわって造られたのがこれ」

指し示されたのは鉄筋コンクリート造りと思われる、大きくてしっかりした建物だった。屋上部分に三本の四角い塔が建っているのが特徴的だ。

「J・H・モーガンという有名な建築家が手がけた一等馬見所《うまみどころ》だ。根岸の丘の上に雄々しくそびえ立っているんだよ、今もなお」

「バスからはぜんぜん見えなかった」

「森林公園になっているのは馬場だったところでかなり広い。その奥になるからバス道路からは見えにくいんだよ」

「ここからは富士山や根岸湾が眺められるの?」

「じっさいには見てないからはっきりしたことは言えない。でも文献には当時の人の言葉として、それらしい記述が残っている」

「エレベーターや貴賓室はある?」

うなずく善正を見て、千紗は胸がいっぱいになった。条件がぴたりと合う。外国人の要望で造られた場所ならアメリカ人も金髪美人もいただろう。

写真にも日傘や帽子は写っていた。女性は裾の長いロングスカートをまとい、男性はスーツを着て蝶《ちょう》ネクタイを結んでいる。当時のあらたまった正装にちがいない。千紗の持つ競馬場のイメージ、賭け事好きがひしめく雑多な場所とはだいぶ異なる。優雅でエレガントな社交の場という雰囲気が伝わってくる。なにしろ貴賓室もあるのだ。

好きになった女性に見せてあげたいと、プロポーズのときに約束する気持ちがすんなり納得できた。

「どうしよう。感動で泣きそう」

手の平で両頰を押さえる。興奮のまま、喜びを共有したくて善正を見たが、なぜか善正は浮かない顔をしていた。

「どうかしたの？」

「もしもここだとしたらね、未だに中には入れないいんだ」

「まだアメリカのものなの？」

「いや、競馬場そのものは一九六〇年代に返還され、七〇年代に森林公園として一般公開されるようになった。馬見所はなかなか返されず、一九八一年になってやっと接収が解除された。喜助さんが亡くなったのは翌々年だ。だから解除の報は見聞きしていただろう。あと少しと思ったかもしれない。敗戦から三十年以上が経ち、やっと日本に戻ってきた、もう一度中に入れる、あの日の眺めに再会できると、心待ちにしていたかもしれない」

「間に合わなかったんだ」

善正はうなずき、そして首を横に振った。

「間に合わなかったのは喜助さんだけじゃない。誰も、この塔からの景色は見られない」

「どういうこと？」

「返還はされたものの、馬見所は手つかずの状況で据え置かれ、その間、一気に老朽化が進んだ。今ではすっかり廃墟《はいきょ》だよ。侵入防止のためのフェンスでぐるりと囲まれている」

「素晴らしく立派な扉の向こうの、貴賓室も？」

「ああ。見る影もなく朽ち果てているだろうね」

様変わりというつながりだろう、千紗の脳裏に昨日見た工場地帯がよぎった。

「根岸には風光明媚な砂浜が広がっていたんでしょう？　あそこも壊してしまい、工場をたくさん建てた。どうしてよ。海水浴場がよかったよ。この建物だって、なぜほったらかしにしたの。どうして廃墟にしちゃったの」

善正にティッシュを差し出され、もぎ取るようにして受け取る。

「千紗ちゃん、埋め立て地にできた工場は、横浜の、いや、戦後日本の復興にひと役も二役も買っている。君も、その恩恵にあずかっている。日本はいまや豊かな国だ。それをふまえた上で、意見を言わなきゃいけないよ」

「豊かでも、この建物は守れなかったの？　それとも豊かだから昔のものがどうでもよくなったの？」

言いながら、自分も知らなかったくせにと思い、千紗は唇を噛んだ。善正は続ける。

「豊かさにも限界がある。古い建物の維持管理にはお金がかかる。大きくなった街の維持管理にもお金がかかる。手が回らなかったというのが一番の理由だろう。特にここは主だった観光地から離れている。予算を割く必然性からいったら順位は下の方なんだと思う。そして予算とは、市民からの税金に他ならない」

たとえば、ここを整備するから千円多く税金を払えと言われたら、自分は喜んで出すだろうか。今まで知らなかった場所であり、これからも足を運ばないかもしれない施設だ。誰かが維持する、管理する、修復する。それは希望するけど、自分がとなると、とたんに答えは怪しくなる。

砂浜も同じなのかもしれない。風光明媚な海岸線を守れば、多くの工場がもたらすメリットは受けられなかった。近くにコンビニも地下鉄の駅もあるような便利な生活をしながら、のどかな風景を壊したと言って怒るのは身勝手なのかもしれない。

「どうしたの、千紗ちゃん」

「私がコンビニで買ったアイスを食べながらスマホの無料アプリをいじっていることと、根岸の砂浜や一等馬見所の荒廃がつながっている気がして」

「それは飛躍のしすぎだな。でも、つながっていたら自分にできることもあるってことさ」

「そうかな」

「いつだって物事を動かすのは個人の思いだ。個人では動かせないものもあるけれど、動くきっかけを作るのはやっぱり個人だから」

にこやかに優しく笑いかけてくれた善正だが、言い終わったとき、また複雑な顔をした。

「どうかしたの、よっちゃん」

「今までの話で、実はひとつだけ腑《ふ》に落ちないことがある。なぜなんだろうと首を傾げてしまうようなことだ。それがある限り、馬見所が正解とは言いがたくてね」

ぎょっとして千紗は手元の資料を見比べた。条件が完璧に合った素晴らしい大正解だと確信したばかりだ。

「さっきのＬＩＮＥで千紗ちゃん、喜助さん一家の写真を見せてもらったと言ってたよね」

返事よりも早く自分の鞄を引っかき回し、菜々美から預かった封筒を取り出した。善正にも見てもらうつもりだった。

さっそく手に取り、彼は一枚ずつじっくり眺める。とりわけ、小春さんの花嫁姿をしげしげと見返す。

「どうして鶴見なんだろう」

裏に書かれていたのは、「鶴見　山谷邸にて。小春祝言。昭和十五年五月」だ。

「喜助さんと小春さんは家が近所の、幼なじみ同士だったんだよね」

そうまるで、自分と善正のように。

「喜助さんの苗字は？」

「さあ、なんだろ。博子さんは『竹井』だけど、それは結婚後の姓かな」

善正はそれ以上聞かずに花嫁姿の写真——顔や衣装に限らず背後に写り込んでいる床の間や障子を見たのち、他のと一緒に返してくれた。

「どうなの？　何かわかったの？　黙ってないで何か言ってよ」

「うん……」

歯切れが悪い。

「なんでもない。馬見所はやっぱりあっているのかもしれない。博子さんに話してもいいよ。絶対ではなく、かなり高い可能性として」

疑問の解決までは至らなかったのだ。けれどそれについての答えを持っているのは、もしかしたら博子さんなのかもしれない。

翌々日の放課後、同じ上大岡ではあるけれど、前回とはちがうカフェで博子さんと待ち合わせをした。菜々美とは学校から一緒だ。すでに馬見所のことは話しておいた。

博子さんにはふたりからの報告として善正の見解を伝えた。馬見所の写真やイラストなど、資料をテーブルに並べて。

博子さんはとても感激してくれた。善正の推理を聞いたときの千紗と同じように。当事者なのだ。ほんとうはもっとだろう。現在は廃墟というのは言いづらかったが、包み隠さず話した。ネットでみつけた写真も添える。建物を囲んだフェンスの上には有刺鉄線が張り巡らされている。

「今でも上からの景色は見られないのね」

「残念ですよね」

「でも上がれたとしても、ミシシッピ・ベイはないんだわ」

言わんとすることはよくわかった。海水浴ができるような、喜助さんの好きだった海はもうない。

「ううん。父が亡くなった頃すでに工場地帯はできていたの。それでも私との約束を叶えたいと思っていたのよね。今回のことでほんとうにいろいろ思ったし、考えたわ。年を取って初めて、あのときの母は、あのときの父は、と身近に考えられるようになったの。亡くなった父だって、今の私より年下なのよ。懐かしいだけじゃなく、その折々に、自分では気づかぬうちによくしてもらっていた、だいじにされてたんだと思うことができた。年を取るって、悪いことばかりじゃないわ。新しい発見や気づきがあるんですもの」

千紗も菜々美も博子さんの穏やかな微笑に触れて頬をほころばせた。何をどうしても亡くなった人は還らず、壊れた物も戻らない。でも、繋がりによって得られたものを、守り育てることはできるのだろう。

博子さんのやさしい眼差しが千紗に、おそらくは菜々美にも教えてくれる。

「ねえ千紗、よっちゃんが腑に落ちなかった一点ってのはどうなったの？」

「ああ、あれ。実は昨夜、自分でも調べてみて」

「何かわかったの？」

「えーっと」

今度は千紗が歯切れ悪く、目を泳がせる。

「プロポーズの時期なのよ。ちょっと気になることがあって」

「なんなのよ。聞きたいよ。ね、おばあちゃん」

博子さんはすっと息を吸い込み、ゆっくり吐き出してから言った。

「いいのよ、ご明察かもしれないわ、千紗ちゃん」

菜々美がなにと騒ぐ。「いいのよ」と言われたので、思い切って口にする。

「小春さんが祝言をあげた昭和十五年の五月は、競馬場がまだ営業していたの。だから『いつか』ではなく、馬見所の展望席に小春さんを連れて行くことはできたはずなの」

一介の庶民には、おいそれと入れない場所だったのかもしれない。誰かの口利きを頼まなくてはならなかったのかもしれない。だとしても、「いつか」を遠い未来のように語るのは不自然だ。営業は翌年の冬まで続き、突然、閉鎖されたと資料にあった。昭和十五年の五月より前に、閉鎖を予想した人はいたとしても少なかっただろう。

「どういうこと?」

「菜々美ちゃん、私が言うわ。小春さんは横浜の税関で事務員をしていたの。そのとき知り合った人と結婚した。写真にあったのはその人との祝言よ。鶴見に住む山谷伸《しん》哉《や》さん。私の実の父なの」

菜々美は「えっ」と言ったままかたまり、千紗は唇を結んだ。善正の言葉がなければ、詳しく調べもせず、このことに気づかなかっただろう。

「山谷伸哉さんは軍医だった。戦争が始まってすぐの頃、大陸に向かう船に乗っていたところを爆撃に遭い、船もろとも亡くなってしまったの。小春さんは赤ん坊だった私を抱え、嘆き悲しむひまがあったかどうか。鶴見も空襲に遭い、根岸の実家に命からがら戻り、そこで終戦を迎えた」

菜々美も千紗も真剣な顔でうなずく。

「終戦の翌年に喜助さんが満州から引き揚げてきたわ。生命力にあふれた元気な人だった。私たち親子のことも親身になって心配してくれてね。あの笑顔にどれだけ救われたか」

「博子さんは最初から、喜助さんがお父さんではないとわかっていたんですね」

「ええ。もっとも実の父の記憶もないけれど。そして、あなたたちに話したプロポーズの言葉、あれは私が直に聞いていたの。物陰でこっそり」

博子さんは朗らかに笑った。

「もう六歳になっていたかしら。母が受けてくれたらどんなにいいかと、祈るように思った。母はじっと考え込んでいたけれど、返事はそう待たせなかった。ふたりは結婚して町田に移り住み、親子三人の暮らしが始まったの。母が亡くなってからも父は父でいてくれて、私を嫁に出し、体調を崩すまでよく働いた。夢見た場所に連れて行ってあげたかったわ。親孝行をたくさんしたかった。今でも悔やんでしまうんだけど、こうしてひ孫がお友だちと協力して、謎の場所をつきとめてくれた。きっと感心してるわ。なかなかやるじゃないかって」

菜々美は目元をティッシュで押さえてから首を横に振った。

「私は何もしてないよ。つきとめたのはよっちゃん。少し千紗」

「菜々美ちゃんが友だちだから、力を貸してくれたのよ」

博子さんの言葉に千紗も笑ってうなずいた。テーブルの上の資料をちらりと見る。

一等馬見所がぴかぴかに輝いていた頃、喜助さんも輝く思いを胸に秘めていたにちがいない。幼なじみの小春さんへの思いだ。けれど小春さんは他の男性に惹《ひ》かれ、結婚した。失意は浅くなかっただろう。でも小春さんが幼い子を抱え戻って来たとき、やさしく笑いかけた。手を差し伸べた。

小春さんはその手をどんな思いで見つめたのだろう。小春さんが好きになったのは喜助さんではなかった。別の人と結婚し、幸せな未来を夢見ただろうが、二年足らずで訃報が入る。根岸に戻った彼女に、喜助さんはどう映っただろう。

小春さんの結婚写真は町田の家の庭先で、燃やされるところだったと、あとから博子さんに聞いた。喜助さんが仕事に行ったあと、小春さんは七輪を庭に置き、紙類を燃やし始めたそうだ。友だちの家に遊びに行っていた博子さんは、忘れ物を取りに戻り、その場面に出くわした。燃やされていたのは亡き夫からの手紙だったのだと博子さんは言った。

そして小春さんは博子さんに気づいて振り向いた。手には最後の数枚があった。小春さんは半泣きの顔で立ち上がり、写真を博子さんに渡した。誰にも見せず、だいじにしまっておくようにと。そこには博子さんの実父が写っていたのだ。菜々美のママは事情を知っていたので、預かっている写真の中から小春さんの写真だけを見せてくれた。

百パーセント幸せな人はおらず、誰もが哀しみや寂しさを抱えていた。小春さんは小春さんなりの。喜助さんは喜助さんなりの。博子さんは博子さんなりの。

でも三人は幸せそうに、町田の庭で微笑んでいた。哀しみや寂しさに押しつぶされないほどの強い思いがあったのだろう。大切なのはそれなのかもしれない。

「千紗ってば、いい加減にしないと明日の朝、まぶたがパンパンだよ」

新しいティッシュを押しつけながら菜々美が言う。話が終わってカフェを出たあと、博子さんとは上大岡の京急《けいきゅう》駅前で別れた。善正にどういうLINEを送ろうか。千紗の呟きを聞きつけ、菜々美がファミレスに付き合ってくれたのだが、博子さんとのやりとりを思いだしているうちに涙が止まらなくなった。

「だってさあ」

「自分のことと重ねすぎなんだよ。どうせあれでしょ、恵里香ちゃんがアメリカで結婚するも、うまくいかずに帰国。よっちゃんは手を差し伸べるにちがいない。それを電柱の陰で泣きながら見ている自分」

「わかる？　きっとそうなるんだよ」

「だったら、恵里香ちゃんと付き合い出すも、うまくいかずに挫折したよっちゃんに、千紗が手を差し伸べればいいでしょ。はい、めでたしめでたし」

「遅いよ。私の順番が来るまでいったい何年かかるの。朽ち果てそう」

千紗の泣き言を笑い飛ばしながら、菜々美は資料をめくり直し、一等馬見所の写真を広げた。

「今度、一緒に見に行こうね。まだ朽ち果ててないよ。ちゃんとある」

涙を拭ってうなずく。

ミシシッピ・ベイも同じなのだ。消えてなくなったわけじゃない。

多くの船を浮かべ、今なお世界の海とつながっている。

関内キング

千紗が編集部を訪れると、その日は明らかに様子がちがっていた。なぜかみんな立ち上がり、おろおろと顔を見合わせている。みんなと言っても編集部は現在、四人。編集長代理を務める善正と、主婦編集者の志田と、ひきこもりから復帰してきたばかりで未だに人見知りの激しい三十代男性、八木沢と、広告取りのエースにして海外旅行を趣味としているシルバー人材、海老原だ。そこに社史編纂や自費出版を担当している人たちも混じっている。

「どうかしたんですか」

真っ先に志田が気づき、「千紗ちゃん」と声を上げた。

「大変なの。ものすごく大変なことが起きてしまったの」

「もしかして、編集長の身に何か？」

学校帰りだったので千紗はスクールバッグを提げていたが、とっさにそれを胸に抱え込む。自宅近所に住む幼なじみ、小谷善正の勤め先は、横浜市内にオフィスを持つタウン誌の編集部だ。千紗はその伝手を頼って数ヵ月前からバイトとして潜り込んだ。本来の編集長は滝井という四十代半ばの男だが、持病のヘルニアを悪化させた上に日頃の不摂生がたたり、ドクターストップがかかった。さまざまな数値が安定するまで自宅療養中。

なので、もしやと思ったのだが。

「編集長はぴんぴんしてるわ。カロリーオフのビールやコーラを、不味《まず》いと言いながらがぶ飲みしているくらいには元気で、むしろ、もう少し弱ってくれてもいいかもしれない。それよりもたった今、鳥肌ものの連絡が入ったの」

「いったい……なんですか？」

志田はすぐには答えず、深々と息をついた。ちらちらまわりと目配《めくば》せし合う。

「うちのだいじなお得意さま、寿々川《すずかわ》さん、千紗ちゃんもよく知ってるでしょ」

伊勢佐木町に本店を持つ和食の料理店だ。

「あそこの社長さんから電話があって、大旦那さん——社長のお父さんで、今は会長さんね。その会長さんが突然、うちとの付き合いを全部止《や》めると言い出したんですって」

考えるより先に口から「えーっ」と声が出る。それは大問題だ、というのはバイトの千紗にもわかる。ここの編集部が作っているタウン誌「ハマペコ」は、桜木町から根岸にかけて各戸に配られている。無料の情報誌だが、製作費は紙代から印刷代、人件費に至るまでもろもろかかる。オフィスの家賃だって払わなくてはならない。それらをまかなう収入源は主に広告料だ。

志田の言う「寿々川」は、和食料理店の他にも貸しビルや貸しホールを持ち、最近では結婚式場や保育園も経営している。それらに関するさまざまな告知、イベント情報をハマペコに載せてくれる。毎月何かしらが掲載されている状態だ。もちろんすべて有料。気前よく支払ってくれる。文字通りの大口スポンサーに他ならない。

理由は、滝井編集長と現会長である寿々川喜一郎《きいちろう》氏が、ハマペコの前身に当たるタウン誌の頃からの知り合いで、何かと調子のいい編集長とウマが合ったかららしい。

会長は数年前から経営を息子に譲り、悠々自適《ゆうゆうじてき》の日々を送りつつ、顔役としては未だに健在だ。生まれも育ちも横浜の伊勢佐木町という生粋《きっすい》のハマっ子なので町の歴史にも詳しく、御年八十歳にしてモダンでおしゃれ。この頃では誌面の一角で「はまっこ回顧録」というコラムを連載している。コーナーの下に「寿々川」の広告が入るので、コラムの原稿料よりも広告料の方が高い。何から何までありがたいお得意さまなのだ。

だからこそ、付き合いを全部止めるというのは一大事。ひょっとしたらハマペコ存亡の危機かもしれない。

「どうしてそんなことになったんですか」

「それがね、原因がさっぱりわからなくて、社長さんも困っているのよ。自分のところに来たときはとにかく目が吊り上がっていて、まあまあと宥めても怒りは収まらず、あんまり興奮して血管でも切れたら大変と落ち着かせるのが精一杯だったって。そちらに心当たりはないかと聞かれ、今、みんなして思い返していたところ。念のため聞くけど、千紗ちゃん、思いつくことはない？」

首を横に振って唇を嚙む。

「そうよね。何かの誤解か、行き違いに決まっているわ」

立ち尽くしていた善正も志田の言葉にうなずき、編集長席に戻りながら言う。

「もしかしたら滝井さんが知っているかもしれない。寿々川さんのこととなれば、早いとこ報告しなきゃいけないし。電話してみるよ。大丈夫。仕事に戻って。きっとなんとかなる」

編集長代理の言葉に、みんな席に戻るも、仕事が手に付かず聞き耳を立てた。何かと調子のいい滝井編集長がご機嫌を損ねるようなことをしでかす、というのは十分考えられることだ。いっそその方がいいと、みんなは思ったにちがいない。けれど、滝井氏にも覚えがないらしい。漏れ聞こえるやりとりでだいたいの察しがついた。となれば、喜一郎さんを激怒させた原因は現編集部が作ったのか。そう考えざるをえない状況になってしまう。すべての責任は善正の貧弱な両肩にのしかかる。

千紗は自分の席に鞄を置くなり、最新号のハマペコを手に取った。二月の第二週である今、巻頭を飾るのは春を先取りする旅行特集だ。一泊二日で手軽に行けるプランをいくつかあげ、誌面の下には旅行会社の広告がばっちり入っている。めくった二面には日帰りのバス旅行、近場の温泉、スパなども紹介されている。これらのどこかに怒りを買う内容があるだろうか。ないとは言い切れないけれど。

それよりも気になるのは見開き左側の三面だ。月イチの割合で続いている喜一郎さんのコラムが載っている。今週号はその第四弾。

初回は昨年十一月の掲載で、横浜スタジアムについて語られた。千紗からすれば関内駅のすぐそばにある昔ながらの球場で、小学校の頃に家族でプロ野球の試合を見に行ったことがある。夕暮れと同時にスタンドの照明がともされ、その煌々《こうこう》とした明るさが今でも脳裏に焼き付いている。ナイター観戦だったのだろう。

ホームランはまだかホームランはまだかと弟はうるさく騒ぎ立て、ビールビールと父もやかましく、ホットドッグのケチャップをスカートに垂らしたと母も大声を上げ、鬱陶《うっとう》しくてたまらなかったが、千紗にしても椅子の座り心地が悪い、トイレが暗くて恐いと文句を垂れた。小学生の目から見ても年季の入った球場だったのだ。今現在は座席を含めたリニューアルがすすみ、トイレもすっかりきれいになったらしい。

いずれにせよ昔からそこにあるのが当たり前のような気がしていたが、コラムでは建てられる前のことが語られ、スタジアムではなくサッカーが出来るような広々としたグラウンドがあったそうだ。

コラムの二回目は洋菓子の不二家《ふじや》について。ペコちゃんでお馴染みのお菓子メーカーが横浜生まれというのは知らなかった。創業は明治四十三年。元町にて店を構え、当時まだ珍らしかったシュークリームを販売したそうだ。その後、伊勢佐木町にレストランをオープン。伊勢佐木町の店は昭和十二年に新築され、今でもそのときの建物が残っているという。

第三回は映画館や芝居小屋について。これも伊勢佐木町が話の中心だったが、昔は横浜随一の繁華街だったらしい。最近ではにぎわいが薄れているので、ハマペコでプッシュできたら嬉しいと善正は言っていた。

そして四回目に取り上げられたのが横浜三塔《さんとう》だ。バイトを始めたおかげで、コラムを読む前からある程度の知識は持っていた。その昔（ほんとうに昔だ）、横浜港に入ってくる船が目印にしていた塔があった。それぞれキングの塔、クイーンの塔、ジャックの塔と呼ばれ、多くの人に親しまれていたという。

関東大震災により被害は受けたものの、新たに建設、修復を経て今なお塔は健在。三つをいっぺんに見られる場所は限られているので、そこをすべて一日で巡ると願い事が叶うという言い伝えまであるらしい。

喜一郎さんのコラムでは初心者向けの蘊蓄は省かれ、自身の思い出が綴《つづ》られていた。二十代の頃、贔屓にしていた喫茶店にとても魅力的な女性が働いていた。容姿端麗な上に、明るくはきはきしていて話題も豊富。自分も含め、近所の若い男たちはみんな胸をときめかせていた。その彼女の口癖が、「私は私のキングを探している」だった。

関内のキングかと尋ねれば意味深な顔でうなずく。ミステリアスな部分も男心をくすぐって、あれはどういう意味だろうと、男連中は喧々囂々《けんけんごうごう》。できれば我こそが彼女のキングになりたいと、大なり小なり野望を抱く。自分も密かに思っていた。けれどある日のこと、恐れていた事態が起きる。彼女は「やっとみつけたの」と目を輝かせた。「私のキングが、私をパリに連れて行ってくれるのよ」、そう満面の笑みを浮かべたのだ。

彼女が横浜から去ったのは、それからほんの数週間後のことだった。旅立つ日を教えられたのに、意気消沈の自分は見送りに行くことができなかった。今でもそれが心残りだ。いい年してとは思うのだけれども。ここらできれいさっぱり忘れるべきなのだろう。

そういう内容だった。あらためて目を通してみても、特におかしなところはなく、するりと読めてしまう。ただの昔話ではなく謎の女性が出てくることで、今までで一番面白かった。「私のキング」「やっとみつけた」「パリに連れて行ってくれる」、たったそれだけで、浮き立つような気持ちが伝わる。彼女はそれからどうしたのだろう。

電話を終えた善正に、編集部の面々が腰を浮かせて声をかける。

「滝井さんはなんて？」

「どうせひまにしてるんだから、このさい丸投げしちゃえば？」

「こっちは寝耳に水だもんね」

善正は渋面《じゅうめん》のまま立ち上がった。

「滝井さん、何も知らないようです。頭を抱えこんでる雰囲気で。とりあえず今日のうちに、『寿々川』にはぼくが顔を出してきます。直に会うことができれば、なんとかなると思うんですよね。こちらの不手際なら、いくらでもお詫びのしようがあるし。今はなるべくことを荒立てたくないので」

「そうね。大ごとにしたくないわ。それ、それ、肝心よ」

すかさず志田が言い、みんなもうなずいた。

「今のところ社長は戸惑っているだけなので、会長の怒りさえ静まれば、これまでの関係が続けられます」

善正の言葉に、方々から息をつく音がする。安堵《あんど》するには早いが、ここで騒いでも仕方がないのだ。千紗も末席ながら編集部の一員として事態の好転を祈った。同時にもう一度、誌面を見つめる。

連載コラムには喜一郎さんの似顔絵と小さなカットが添えられている。描いたのは自分だ。まさかこれが原因ではないよねと、千紗は顔を曇らせた。

横浜三塔において、キングと称されるのは神奈川県庁本庁舎の建物だ。慶応四年、新政府のもと地方行政機関として横浜裁判所が設けられる。その後、神奈川裁判所、神奈川府と改称を経て、神奈川県庁に名前が変わる。初代の建物は慶応三年に建てられ、明治十五年に焼失。二代目は明治十六年に古い税関庁舎を譲り受け、三代目は大正二年に完成する。残されている写真からすると、気品のある美しい建物だ。けれどわずか十年後、関東大震災により内部が全焼。取り壊される。

現在の庁舎は四代目で昭和三年に完成した。重厚な地上五階地下一階建ての本体の上に、今なおキングの塔は聳《そび》え立っている。

クイーンは横浜税関の建物を指す。横浜開港時に、輸出入貨物の関税徴収を行う「運上所《うんじょうしょ》」が現在の県庁舎の場所に設置された。明治五年、「税関」と名称を変え、初代庁舎は明治六年竣工。二代目は明治十八年に海の近くに新設された。けれど関東大震災により崩壊。

三代目は昭和九年に造られ、今に至る。イスラム教のモスクを思わせる銅板葺きドームが美麗で、クイーンの塔と呼ばれるようになった。

ジャックは大正六年、横浜開港五十周年を記念して造られた建物のことを指す。現在の名称は横浜市開港記念会館。関東大震災により屋根ドームなどは焼け落ちてしまったが、平成元年に復元された。赤い煉瓦に白い花崗岩《かこうがん》のストライプ模様がレトロモダンで、多くの建物がひしめく今の街角にあってもひときわ目を引く。その会館のシンボルである時計塔をジャックの塔と呼んでいる。


その日の夜、千紗は自分の部屋の窓辺から何度も外をうかがった。ほんとうなら窓を開け放ち身を乗り出したいところだが、真冬とあってさすがにそれはできない。最寄り駅に地下鉄の到着する時間を調べ、そこから歩く時間を計算してカーテンをめくった。家族に気づかれないよう静かに窓を開けて外を眺める。何度目だろう、夜の十一時を回った頃、ようやく人影が見えた。善正だ。

すぐに窓を閉め、ダウンジャケットを摑んで階段を下りる。玄関から表に出た。

「よっちゃん」

夢中で呼びかける。吐く息が白くなった。自宅の門扉に手をかけた善正が顔を向ける。

「千紗ちゃん、どうしたの」

「だって心配で」

黒いダウンコートにニット帽、眼鏡もかけているので善正の表情は読みにくい。

「寿々川さんの件か」

「そうだよ。どうだった？　私、明日はバイトがないから話が聞けないの」

歩み寄りながら声をひそめた。家の中にいるであろう善正の両親には気づかれたくない。事情を知りたがるだろうから。善正も同じことを考えたのか、門扉から離れて街灯の下まで来てくれた。

「喜一郎さんには会えなかったんだよ」

「留守だったの？」

「今は顔を合わせたくないと言われてしまった」

門前払いという言葉を思い出す。状況は悪いままだ。

「社長とは話ができたよ。理由を聞き出そうとしてくれたみたいなんだけど、『おまえには関係ない』の一点張りだそうだ。ハマペコの人たちが困っていると言ったら、『もっと困ればいい』って」

千紗は肩をすぼめてジャケットの襟元を摑んだ。真冬の夜の空気よりも冷え冷えとした言葉だ。

「喜一郎さんがそんなことを言うなんて信じられない」

「ああ。千紗ちゃんは会ったことがあるんだね」

「すごく優しかったよ」

バイトを始めたのは昨年の十一月からだが、本決まりになる前、すでに顔見知りだった志田に頼んで滝井編集長の見舞いに同行させてもらった。直談判して、雑用でも何でもしますと売り込むと、その頃はまだ病室のベッドに寝そべっていた編集長は「絵が描けるんだってね」と言い出した。

そこそこの自信はあったのでうなずくと、紙と鉛筆を渡された。言われるまま、ヨットだのカモメだのバラの花だの滑り台だの女の子だのを描いていると、似顔絵はどうだろうと聞かれた。返事をする前に、スマホを差し出される。画面を見ると、四角い顔をした老人がにっこり微笑んでいた。

顎《あご》のラインをやや強調しながら口元や目尻、額に皺を入れつつ、人の良さそうな雰囲気が出るように描いてみた。あとから寿々川喜一郎氏であることを教えられた。その似顔絵は十一月から始まる新連載コラムに添えられることになった。

喜一郎さんは似顔絵をいたく気に入り、どんな子が描いたのだろうと興味津々だったそうだ。志田は気を利かせ、「寿々川」の取材に出かけるさいに千紗を伴った。取材の内容は年末年始に向けての広告の撮影であり、てきぱきと仕事をすすめる志田の邪魔にならないよう、千紗は後ろで見学していた。そこに喜一郎さんが現れた。

写真の印象だけで描き上げた似顔絵のご本人だ。自分でも意外なほど千紗は感激してしまった。それが伝わったのか、喜一郎さんも上機嫌で千紗を手招きした。撮影は座敷のひとつを使って行われていたが、案内されたのは一階にある和カフェで、奥まったテーブル席へと連れて行かれた。夕方の五時という半端な時間のせいか、カフェには数組の客しかいなかった。おかげで少しは緊張がほぐれた。なんでも好きなものをと言われ、千紗はメニューから抹茶クリームあんみつを選んだ。喜一郎さんはコーヒー。会話も弾み、楽しい時間になった。

「よっちゃん、ほんとうに思い当たることはないの？　何かなければ喜一郎さんは怒らないよ」

「うん。ずっと考えてるんだけど。もしや、というのも浮かばないんだ。広告の撮影も今まで通りだったし、それを載せる場所もこれまでと変えてない」

「コラムは？　今週号を受け取った日に、電話があったんだよね」

「それだって今までと同じ手順を踏んでる。喜一郎さんから原稿を受け取り、誤字脱字を調べ、読みやすくなるような手直し案を鉛筆で入れて、喜一郎さんに送る。喜一郎さんは指摘をふまえて修正したのちに、ハマペコ編集部に送り返す。うちは直された原稿をレイアウトにはめ込み、誌面を完成させる」

本人が書いてチェックしているのだから、機嫌を損ねるのはおかしい。

「だったらコラムの中身ではなく、他のところだね」

「そうなるんだけど、隅から隅まで目を通してもわからない。こっちの思ってもみない部分での反応となると、今の段階ではお手上げだ」

困ったねと言いかけて千紗は唇を嚙む。そんな言葉では気休めにもならない。

「ああごめん。こんな時間に立ち話じゃ、風邪を引くね。なんとかなるから。千紗ちゃんは心配しないで。大丈夫だって。温かくしてしっかり眠りなね」

善正の手が伸びて肩を摑まれる。くるりと反転させられた。やんわり押されて歩き出す。自宅の前まで送られ、千紗は仕方なく門の内側に入った。振り向いて手を振ると、「おやすみ」と笑顔が返ってくる。心配させまいと無理しているのだろう。自分にもやれることはないかと、考えずにいられない。


翌日、千紗は学校帰りに伊勢佐木町に向かった。その昔、芝居小屋や映画館がひしめいていた商店街だ。戦後いっときはアメリカに接収され、商店街の一角に飛行場もあったのだと、教えてくれたのは他ならぬ喜一郎さんだ。

飛行場！　どえらく驚いた千紗を見て、喜一郎さんは声を上げて笑った。焼け跡にできたのだからけっして愉快な話ではないが、あったのはほんとう。小さい飛行機が離発着できるくらいの短い滑走路だったそうだ。

そんな話を思い出しながら歩き、創業が明治時代という老舗の書店、有隣堂の前を通り過ぎ不二家のビルを仰ぎ見たのち、「伊勢佐木町ブルース」という歌謡曲の歌詞が刻まれた碑をながめ、目指すビルにたどり着く。「割烹料理屋　寿々川」だ。

五階建てのビルで、一階が和カフェ、二階から四階が和食レストランで二階がテーブル席、三階が大小さまざまな座敷になっていて、四階は大広間と聞いた。そこでは着付け教室や和服の展示会なども開かれるらしい。五階は従業員休憩室や事務所として使われている。

昔は店の裏手に喜一郎さんの自宅があったそうだが、今は離れたところに住んでいるらしい。いきなり店に押しかけても喜一郎さんはいないかもしれない。現役を退いても、いろんな役職を抱えているようである。高校生の女の子と話す時間など――。と思っていたら、店から出て来る人がいて、じろりと見られてしまった。中年の女性たちだ。お客さんだろう。不審者に思われては心外なので、ためらいを振り切って中に入った。「いらっしゃいませ」と声をかけてきた店員は初めて見る顔だ。とりあえず指を一本立てて席に座ることにする。自腹で注文しよう。

フロアを横切っていると階段を降りて来た人に見覚えがあった。ベテランっぽい男の人だ。広告の撮影のときも立ち会って細かな指示を出していた。「あの」と、小さく声をかけて頭を下げる。ハマペコの名前を出すと「ああ」と顔つきを変えた。

「今日は何か？」

「私の描いたイラストのことで。あの、その、何か、まずいことがあったでしょうか」

「まずいって？」

「私、会長さんの似顔絵を描いたんです。そのときは喜んでもらえたんですが……」

怪訝そうな顔をされて身が縮こまる。

「ちょっと心配になったんです。おかしなものを描いてしまったのかもと。だったら、その」

「もしかして、昨日の件かな？」

言いながら手招きするのでついて行った。入ったばかりの店から外に出て、すぐわきにあるエレベーターホールへと誘導される。

「君、ハマペコのバイトさんだったよね。つまり何か心当たりがあるわけ？」

「いいえ、ぜんぜんです。でも連載コラムにイラストをつけているので心配になって」

「今日ここに来ること、ハマペコの人たちは知っているの？」

あわてて首を横に振った。勝手に来てしまったと消え入りそうな声で言う。

「もしかしたら大旦那さん、君にならなにか言うかもしれないね。この前、君と話してずいぶん楽しそうだったから。子どもも孫も男ばかりなんだよ。女の子はかわいいんじゃないかな。今みたいに悲しそうな顔をしていたら、むげにできないだろう」

「会えたりしますか？　もし会えたら、私、頑張ります。さりげなく探りを入れて、手がかりくらいは引き出します」

「たのもしいね」

思わず拳を握りしめ、胸の高さまで上げて「はい」と返事をした。

「今日は小唄《こうた》のおさらい会なんだ。もう終わった頃だから捕まるかもしれない。店で待っててもらえるかな」

出てきたばかりの和カフェを指差すので、千紗はうなずいて店に戻った。空いてる席に案内してもらい、みつ豆をたのむ。善正に連絡を取りたい気もしたが、ぐっとこらえて湯飲みを手に取った。水の代わりに出されたほうじ茶をすする。

喜一郎さんが女の子に甘いかどうかはわからない。以前交わしたやりとりを千紗は懸命に思い出した。飛行場の他は映画館の話になり、建物の裏の空き地で草野球をしたことを語り、近所の幼なじみについても懐かしそうに目を細めた。せんべい屋のなんとかちゃん、呉服店のなんとかちゃん、薬局のなんとかちゃん。今ではみんなおじいさんだろう。

「千紗ちゃんは十八歳か。それくらいの年になるとみんなして喫茶店に入り浸り、生意気なことばかり言ってたな」

「お店屋さんの人が多かったんですね」

「商店街だからね。ハマペコに載せるコラムでは、その頃のことを書こうかと思っているんだ。心残りがひとつある。半年前にそれがもっと強くなった。なんであのとき、悔やむことしきりだ。今になってわかる真実ってあるもんだねえ」

千紗が首を傾げると、喜一郎さんは苦笑いを浮かべた。

「もしかしたらその件を書きたくてコラムを始めるのかもしれない。とある人物の消息が知りたくてね。読んだ人の中に、情報を寄せてくれる人がいればと期待してるんだ」

今思えばその心残りとは、「私のキング」を探していた女性のことではないだろうか。

運ばれてきたみつ豆を食べていると先ほどの男の人がやって来た。

「悪いね、大旦那さん、おさらい会のあと別の場所に流れてしまったようなんだ。しばらく戻りそうにない」

あわてて腰を浮かし、「いいえ」と手を振った。

「いきなり来たのは私です。かえってすみませんでした」

男の人はテーブルに置かれた伝票をすばやく手に取った。

「引き留めてしまったから、これはご馳走するよ。よかったらゆっくりしていってね」

「ありがとうございます」

「君が心配していたのは伝えておくよ」

よろしくお願いしますと頭を下げ、ふと思いついたことを口にした。

「ひとつだけ、聞いてもいいですか」

「ん？」

「半年前――ええと、十一月の半年前だから、去年の四月か五月か、その頃に何かありましたか？」

男の人はきょとんとした顔になる。

「会長さんが、昔のことを思い出すような何かです。誰かと久しぶりに会ったとか、どこかに出かけたとか、手紙や電話があったとか、何かが届いたとか、テレビや映画を見たとか」

「さあ。ずいぶん漠然としてるんだね」

「すみません。私もよくわからなくて」

「去年の春ねえ。思いつくことがあったら連絡しよう。君にでいいのかな」

うなずいてから、首を横に振る。話をしておくので今の編集長にお願いしますと頼んだ。男の人も名刺をくれた。磯田峯夫《いそだみねお》とあった。

残りのみつ豆を食べながら千紗は善正にLINEを送った。「だいじな話があるの」という文面に、すぐ「どうしたの」と返ってきた。今いるのは伊勢佐木町にある「寿々川」の和カフェであり、話は喜一郎さんのことだと伝える。善正も外にいるらしい。桜木町で会おうと言われた。

桜木町駅近くのコーヒーショップで合流してから、千紗は「寿々川」でのことや思いついたこと、考えたことを善正に話した。相変わらず事態は好転してないらしく、とても熱心に耳を傾けてくれる。そしてひととおり聞き終わるなり、善正は腕を組んで考え込んだ。

「磯田さんはいつもお世話になっている人だ。会えてよかったね」

「うん。もしも連絡があったらよろしくね」

うなずくと同時に眼鏡越しの双眸《そうぼう》が千紗に向けられる。

「今の千紗ちゃんの話を聞いて、引っかかることがあった」

「何？」

「コラムだよ」

善正は自分の鞄から最新号のハマペコを取り出し、喜一郎さんのコラム、それも締めの部分を指差した。

「とある人物の消息を知りたくてコラムの連載を始めた、そんな口ぶりだったんだよね。もしもその人が若かりし頃の憧れの女性だとしたら、一番新しいコラムでは心残りとしつつも『ここらできれいさっぱり忘れるべきなのだろう』と結んでいる。消息を探るのはもういいんだろうか」

「そうだね。気が変わったのかな」

「千紗ちゃんの聞いた、半年前の『何か』も気になる。磯田さんがすぐに思いつかず首をひねったぐらいだから、近親者に起きた出来事や店の中のことではないんだろう。でも喜一郎さんにとっては、過去の思い出に新たなる真実が加筆された」

「心残りが強くなる真実だよね」

なんだろう。

「ねえよっちゃん、今さらだけどコラムにある『私のキング』ってのも、よくわからない。女の人は何を探してたんだろう。誰かが関内のキングかと尋ねたら、うなずいたと書いてあるでしょ。そのまんま受け取ったら、県庁の建物になっちゃう。探さなくても大さん橋の近くにあるよ」

「まあね、喩えではあると思うよ。少なくとも喜一郎さんは男性を想像したんじゃないかな？　我こそは彼女のキングになりたいと思っていたんだから」

「彼女は喜一郎さんではないキングをみつけた。そのキングみたいな人がパリに連れて行ってくれたの？」

「そうなんじゃないかな」

「なんでパリなんだろう」

呟くと、善正が微笑む。

「いや、私だってパリは素敵だと思うよ。行ってみたいけど」

「千紗ちゃん、いいこと言うな。ほんとうに、なぜパリだったんだろう。当時の人たちにとっても憧れの街だっただろうけど。パリという都市名が入ってこのコラムはぐっと引き締まる。コケティッシュでチャーミングで最新のモードがよく似合う女の人が横切るようだ」

「昔もおしゃれな人の集まる街だったんだね」

「彼女もパリに行ってみたかったんだろうか。暮らしたかったんだろうか」

言いながら遠い目をする善正を千紗は注意深く見つめる。パリではなくニューヨークに行ってしまった人のことを思い出しているんじゃないだろうか。彼女の場合、日本から離れたかったというのが第一の理由だろうが。離婚した両親と齟齬《そご》をきたし、息苦しさから解放されるために渡米したと千紗は思っている。日本には善正だっているのに。思い留まる要素にはならなかったのだろう。善正はそのあたりをどう考えてるのか。

「でもさ、キングに喩えられる男の人をみつけて、パリに連れて行ってもらうなら、その人との関係はつまりどういうこと？」

「どうって」

「結婚したのかな」

コーヒーショップの狭いテーブルに身を乗り出し、千紗は声をひそめた。

「キングって言うからには、うんと年上っぽい。そしてすごいお金持ちだよね」

だからパリにも行けるのだ。パトロンという言葉を思い出し、そのまま口にする。

「喜一郎さんもそういうのを想像して、敗北感に打ちひしがれたんだね。相手の男を見たくなくて見送りにも行かなかった」

「うん。でも千紗ちゃんの話からすると、去年の春あたりに新たな事実がわかった。心残りが強くなるような何からしい。先入観は持たない方がいいのかもしれないね」

そう言われて、白い紙の上に描いた口髭《くちひげ》の紳士が消しゴムで消される気分だ。あとに浮かび上がるのは四角くてごつい県庁舎。ますますキングの意味がわからなくなる。

　その二日後、磯田さんから善正のもとに電話がかかってきた。昨年で思い出すことと言えば、大旦那さんの古い友人が亡くなったそうだ。じっさいに息を引き取ったのは八月だが、その数ヵ月前にもう長くないと本人に言われ、大旦那さんは何度か見舞いに出かけている。その帰宅の途中で寿々川の店に寄り、「今ごろになって聞かされても」「ずるいよ」と、やけに腹を立てていたことがあった。時期からすると昨年の五月くらいかもしれない。

　善正はその友人の名前を尋ねた。かつて伊勢佐木町で呉服店を営んでいた人らしい。平成になる前に店舗を横須賀に移し、今は息子が店主を務めている。

「その呉服店に行ってみようかと思うんだ。ハマペコの編集者として、昭和の伊勢佐木町の話をうかがいたかったと言えば、お焼香くらいはさせてもらえるんじゃないかな」

　千紗への報告のさい、善正はそう言った。

「横須賀に？　いつ？」

「まずはお店に電話をしてみるよ」

　それから一時間後、再び善正から電話があった。

「自宅の場所を教えてもらった。お焼香ならそちらにって。息子さんの奥さんがいるそうだ」

「よっちゃん、行くの？」

「うん。さっそく明日にでも」

「私も行っちゃダメ？」

しばらく間が空いたが、返ってきた声は明るかった。

「千紗ちゃんが持ってきてくれた話だもんね。都合が付けば一緒に行こう」


高校三年生の二月中旬、すでに進路の決まった者たちは卒業式の練習に出る他は、思い思いの日々を過ごしていた。たいていは残り少ない高校生活を仲のいい友だち同士で満喫したいと思うも、具体的に何をどうすればいいのかプランがなかなか決まらず、時間だけが過ぎていく。

千紗もプラン決めに付き合うよう言われ、バイトのない日をしっかり押さえられていたのだが、善正に同行できる機会とあれば断るしかない。友だちには平謝りだ。善正の方から誘うなどめったにないと、仲のいい子はわかっているので、頑張りなと励ましてくれた。

学校帰りに友だちとハンバーガーを食べてから、横浜駅で善正と待ち合わせた。京急線に乗って横須賀中央駅に出る。電車の中で喜一郎さんについて尋ねると、いくらかトーンダウンしてくれたようで、予定されていた広告は次週も載せられることになった。社長もほっとしたらしくそのうちご機嫌も直るだろうと、にわかに楽観論を唱えているそうだ。

「でも、ハマペコは困ったままだよね。原因がわからなければ、気を付けようもないでしょ。知らず知らずまた怒らせちゃうかも」

「あれね、なんとかなりそうではあるんだ」

「え、ほんと？　怒った理由がわかったの？」

「はっきりしたら、千紗ちゃんにも説明するよ」

今聞きたいと食い下がるも、電車は目的地に着いてしまう。駅前からタクシーに乗り、メーターが一度変わったところで降ろされる。住宅街の中の、豪邸ではないけれど千紗や善正の家よりかは立派な一軒家だった。表札に「稲本《いなもと》」とある。喜一郎さんの友人は武雄《たけお》さんといい、チャイムを鳴らして出てきたのはその長男の奥さん、澄子《すみこ》さんだった。

善正は名刺を差し出し、ハマペコの編集長として挨拶した。千紗のことはイラストを担当している編集部員と紹介した。あらかじめ言われていたので制服から、なるべくきちんと見える私服に着替えてあった。

澄子さんは来客に慣れている様子で、居間のとなりにある和室へと案内してくれた。仏壇にはいくつか写真が置かれていたが、一番新しいのが武雄さんだろう。ごま塩頭に下ぶくれのおじいさんが微笑んでいた。

　善正のあとに続き、千紗もお焼香をさせてもらった。

「今日はわざわざありがとうございます」

　居間の応接セットでお茶をご馳走になる。

「もっと早くにうかがうべきでした。お元気なときにお会いできず残念です」

「そうですねえ、義父《ちち》もお話ししたかったんじゃないかしら。亡くなる前はよく昔話をしてたから。いえ、こうして来てくださっただけでも喜んでいますよ」

「『寿々川』の喜一郎さんからは戦後の伊勢佐木町について、いろいろうかがっているんです」

「ああ、寿々川さん」

　澄子さんは目尻を下げてうなずいた。たびたび見舞いに訪れていたのを知っているのだろう。

「最近になってやっと、義父の持ち物を整理し始めたんですよ。よかったらご覧になりませんか？　横浜の古い資料として面白いものがあるかもしれません」

　善正がわかりやすく目を輝かせたので、澄子さんはどこからか大きな菓子箱を持ってきた。応接セットのテーブルに置き、ふたを開ける。中にあったのはまさに宝の山なのだろう、善正にとって。千紗は出されていたお茶をお盆にのせて片づけた。

そこからは古い写真やチラシ、パンフレット、伝票、冊子、手紙、葉書を、次から次に開いたり、並べたり、見比べたり。呆気《あっけ》にとられて見守るばかりの千紗だったが、善正が手にしたきり固まった写真があったので、急いでのぞき込んだ。

屋内で写した白黒写真だ。若い男女が楽しげに笑っている。具体的には四人の男性と、ひとりの女性だ。ひっくり返すと「喫茶店、タイムにて」とある。さらにもう一行、「三益綾子《みますあやこ》さんと」と添えてある。

「よっちゃん、もしかしてこの人」

「だろうね、たぶん」

澄子さんも首を伸ばす。

「あら、マドモアゼル・クイーンを知ってるの？」

「マドモアゼル？」

「クイーン？」

「義父はそう呼んでいたわよ。ここに写っている男性陣はみんな夢中だったみたい」

あらためてじっと目を凝らすと、女性は目鼻立ちの整った美人だ。笑った拍子に開いた唇も大らかで元気が良さそう。男性はひとりひとり順繰りに見て、喜一郎さんだろうという人をみつけた。澄子さんの指先が武雄さんを教えてくれる。ふたりとも面影がちゃんとある。それにしても若い。おそらく二十歳前後の写真だろう。

「クイーンとは、もしかして横浜三塔のクイーンから取ったんでしょうか。憧れの女性がいて、その人は『私のキング』を探していた、そしてパリに行ってしまったと、喜一郎さんがコラムに書いてます」

千紗の言葉に澄子さんはうなずき、そして浮かない顔でため息をついた。

「クイーンについてはずいぶん悔やんでいたわ。というのも、義父は寿々川さんに嘘をついてしまったの」

「嘘?」

「彼女が横浜から離れるとき、寿々川さんや他のみんなは見送りに行かなかったのよね。それに気づいた義父は、自分も行かなかったのに、行ったと嘘をついてしまったの。それだけじゃないわ。いかにも金回りの良さそうな、恰幅《かっぷく》のいい紳士が隣にいたと、まことしやかに語って聞かせた。みんなはそれをすっかり信じてしまった」

「どうしてそんな嘘を」

「見栄を張りたかったんだろうと、亡くなる前にしょんぼりしてた。自分はちゃんと見送りに行ったと、かっこつけたかったらしい。呉服店と言っても稲本はけっして大きな店じゃなかったの。引け目があったんだと思うわ」

結局は、みんな振られたのだ。見送りに行かなかったのは各人が自分で決めたこと。だから悪意ある作り話というより、その場での思いつきだったのだろう。

「クイーンはそれきり横浜からいなくなったでしょ。嘘はちっともバレなかった。義父もほとんど忘れていたみたい。ところが、かれこれ二十年も経ってから、仕事先で思い出話をしていると、クイーンを知る人がいたんですって。戦後しばらく、彼女のお父さんの経営する会社で働いていたそうよ。けれどあるとき小火《ぼや》に見舞われ、商品も設備も台無しに。再起が叶わず、廃業に追い込まれたそうなの。クイーン……いえ、三益綾子さんはね、元は社長令嬢だった。けれど、生活のために喫茶店で働いていたんだわ」

千紗は先ほどの写真に目をやった。白い歯をのぞかせ楽しげに笑っている人にも、明るくない過去があったらしい。

「わかったことは他にもあるの。その人は綾子さんが横浜から離れたことも知っていた。いきなりパリではなく、しばらく神戸で働いてお金を貯め、語学も学び、数年後にやっと単身、パリに渡ったんですって」

思わず「え？」と聞き返す。千紗だけでなく善正もだ。澄子さんは何度も首を縦に振った。

「みんなの想像するような、金持ちを頼ってのパリ行きではなかったのよ。義父の口から出たのは、でたらめもいいとこ」

もう一度、「えーっ」と声を出してしまう。

「パリ行きは彼女の夢で、支援してくれる人はいたらしい。神戸での仕事を紹介し、語学学校に通うようすすめ、パリでの滞在先も世話してくれたようよ。でもそれは年配の女性だったのかもしれない。ご夫婦だったのかもしれない。そういう話なの」

千紗はようやく喜一郎さんの呟きに思い至る。男の人と一緒だと考え、見送りに行かなかった遠い昔の悔い。武雄さんから当時のことを告白され、いっそう強くなったにちがいない。

呆気にとられたまま黙り込んだ千紗だったが、善正はハッとしてたった今、自分が見たばかりの伝票やチラシの中から薄い冊子を取りだした。

呉服展示会のパンフレットだ。裏に走り書きで、「三益商店、鶴ケ峰《つるがみね》に移転計画があるも、老朽化した配線設備から出火。大火には至らず。しかし被害は甚大《じんだい》」とあった。澄子さんによれば武雄さんの字にまちがいないようだ。古いパンフレットなので、もしかしたらこの展示会のときに綾子さんの知人に会い、聞いた話を書き留めたのかもしれない。

澄子さんには丁重にお礼を言い、千紗と善正は稲本家をあとにした。

帰りはバス停を教えてもらったので横須賀中央駅まで路線バスに乗った。善正はしきりに考え込んでいて、心ここにあらずだ。頃合いを見計らい、千紗は「びっくりしたね」と話しかけた。

「クイーンこと綾子さんについては、いろいろわかったでしょ。よっちゃんは何を考えてるの？　さっきからずっと黙ってて」

「ああ、ごめん。綾子さんの生家は、走り書きにあった三益商店なんだろう。そこはなんの商売をしてたのかなと思って」

「そんなの考えてわかるの？」

善正はずれていた眼鏡のブリッジを押し上げる。

「走り書きには、『鶴ケ峰への移転計画』とあった。綾子さんの知人は、戦後しばらく三益商店で働いていたらしい。綾子さんは昭和三十年頃、喫茶店でウェイトレスをしている。つまり、小火があったのは終戦後十年以内になる。ちょうどその頃、昭和二十年代の半ば、今の旭区鶴ケ峰にスカーフ工場の共同洗い場が造られるんだよ」

聞き慣れない言葉だった。スカーフ工場も共同洗い場も。

善正の話によれば、明治から昭和にかけて横浜は日本一を誇るスカーフの産地だったという。港ができてから生糸や絹織物の輸出が盛んになり、やがて生糸を加工した絹ハンカチが横浜で作られるようになり、スカーフへと発展していく。最初のハンカチは無地で白かったそうだが、技術革新と共に色や柄が豊富になり、デザイン画をもとに型が作られる。染められて、水洗いされ、縫製されて完成だ。

どれも大切な工程であり専門の職人が従事していたが、そのうちのひとつ、水洗いのために、工場は川縁に建てられることが多かった。製造量が増えるにつれ川の水の汚染もすすみ、旭区に共同の洗い場が設けられることになったのだ。

「三益商店はスカーフ屋さんだったたってこと？」

「あくまでも可能性の域を出ないけど」

「でも」

言葉を切ってから、千紗は続けた。

「スカーフならば、パリとつながるような気がするね」

写真の中で大らかに笑っていた女性が、スカーフを首にあしらいパリの街を闊歩《かっぽ》する。そんな颯爽《さっそう》とした姿が脳裏をよぎった。


善正は川崎に用事があると言ったので、千紗だけが横浜駅で降りた。ドアを閉めた電車が走り出すのを見て、喜一郎さんの件を聞き忘れたと思い出す。なんとかなりそうと言っていたのだから、待てばいいのか。

もどかしい気持ちもあり、ついでとばかり、野毛にある中央図書館に寄ることにした。再び京急線に乗って日ノ出町《ひのでちょう》駅で降り、急な坂道を登る。中学二年の夏休み、資料探しに訪れて以来のことだ。とても特別なことをしている気になった。横浜の過去を知りたくて図書館に寄るなんて。

ハマペコでバイトを始めてから昔の横浜について知る機会が増えたけれど、編集部にも資料はあるのでその都度、見せてもらった。今どきはネットの検索でも調べることはできる。でも今日はまるで真面目な高校生みたいなことをしてしまう。受付で横浜のスカーフについて尋ねると、参考図書を紹介してくれた。三階の郷土史コーナーでそれらしき本をいくつかみつける。

善正が話してくれたことが書いてあった。色鮮やかなカラー写真も掲載されている。大正から昭和にかけてのたくさんのスカーフだ。中ページには工場内の様子がモノクロ写真で載っていた。彫刻刀のようなもので板に模様を彫っている男の人。長い板の上で染め付け作業をしてる人。ミシンを踏んでいる大勢の女性。川での水洗い。アイロン掛け。

綾子さんの生まれ育ったところにもこんな光景はあったのだろうか。スカーフが出来上がるまでの工程を、間近で見守った日はあっただろうか。働く人たちと言葉を交わしただろうか。

どんな夢を思い描いていたのか。突然の火事で多くのものを失っただろうが、千紗の見た写真の中で、綾子さんは夢をなくしていない。負けてない。だから多くの人にとって、眩しい存在だったのだと思う。

何冊目かの本をめくっていて、ふと目に留まったものがある。

「これ、パリ?」

見れば見るほどパリの地図に見えてくる。昔のスカーフの図案だ。

善正は知っているだろうか。一緒に見てほしい。意見を聞いてみたい。その本を含めた数冊を借りていくことにした。


バイトが入っていたのは翌日の午後だった。学校にいるときに志田からメールがあり、「今日は来られる?」と聞かれた。「はい」と返事を送ると、「お腹を空かせておいで」と返ってきた。差し入れでもあったのだろうか。

鼻歌気分で足取りも軽くハマペコ編集部にたどり着くと、ドアを開ける前から中のにぎわいが聞こえてきた。

開けてびっくり、編集部には美味しそうな食べ物の匂いが充満している。みんな割り箸を手に大はしゃぎだ。机の上に見えるのは黒光りしている寿司桶!

「千紗ちゃん、よかった、まだいっぱい残っているわよ」

「おお、いいとこ来た。イクラもウニもあるぞ」

「鞄を置いて、手を洗っておいで」

口々に言われる。たちまち艶々の寿司ネタに心を奪われるも、理由が知りたい。

る。

「どうしたんですか、いったい」

「聞いて驚くなかれ」

軍艦巻きのひとつを口に入れ、咀嚼《そしやく》して飲みこんでから志田が勢い込んでしゃべる。

「喜一郎さんの大盤振る舞いよ。特上寿司、十人前。ビールが一ダース、どら焼き三十個。千紗ちゃん、どら焼きは持って帰りなね。お土産よ、お土産」

「喜一郎さんが？　なぜですか？」

「誤解がとけたの」

話は食べながらと言われ、手を洗って戻ると善正が割り箸と小皿をくれた。種明かしが知りたいが、腹ごしらえとばかりにともかくエビやホタテを頬張った。特上だからか、ネタがどれもとろけるように甘い。ご飯は小ぶりでまろやかだ。スーパーのパック詰めとはちがうことが千紗にもよくわかる。

「マグロ、美味しい」

「それ、中トロね。脂がのってるけど上品だわぁ」

「ウニってこんな味なんですね。今までのはなんだったたんだろう。って、志田さん、どうしてこうなったかの話ですよ」

もちろん善正でもかまわない。顔を向けると、寿司桶から離れられない志田に代わって善正が説明してくれた。

「喜一郎さんが怒った理由は、掲載されたコラムが自分の書いた内容とはちがっていたからなんだ」

手にしていた割り箸を落としそうになる。待ってくれよと言いたくなる。それがほんとうなら、怒って当然の一大事ではないか。顔色を変えた千紗を見て、善正は落ち着くように手のひらを上下させた。

「変えられていたのは文末の部分だ。覚えてる？　喜一郎さんは『今でもそれが心残りだ。いい年してなんて言ってられない。ここらでもう一度奮起したい』と書いた。ところが掲載されたのは『今でもそれが心残りだ。いい年してとは思うのだけれども。ここらできれいさっぱり忘れるべきなのだろう』、なんだよ」

「ぜんぜんちがう。真逆の意味じゃない。誰が、どうして変えちゃったの」

再び落ち着くようにと宥められる。

「これまでも文字数の調整や読みやすさを考慮して、こちらが若干の手直しをすることはあった。喜一郎さんも納得していたし、むしろそうしてほしいと頼まれていた。だから今回についても、喜一郎さんは真っ先にうちに電話をして、直したのかと聞いた。こちらは句読点の位置を変えていたので、はいと返事をした。そこに行き違いがあったのは事実だ。でも、文章そのものには手を付けてなかったんだ。ね、八木沢さん」

日頃から口数が少なく、人と接することが苦手で、滝井編集長の伝手を頼りにハマペコで働き出したものの何かあるとすぐ欠勤してしまう八木沢が、居心地悪そうにうなずいた。送られてきた原稿をチェックしてレイアウトに流し込む編集部内の作業なので、任されていたのだ。

「八木沢さんの落ち度ではまったくないですよ」

「よっちゃん、何がどうなってるの。文章を変えた人はいたんでしょ？」

「千紗ちゃんとも話したよね。喜一郎さんは心残りをなんとかしたがっていた。でも今回のコラムの結びはそうなっていない。気になって、喜一郎さんから送り返されてきたゲラを、八木沢さんに頼んで見せてもらったんだ」

執筆した本人の名前の入るコラムでは、送られてきた原稿のチェック作業が行われる。ゲラと呼ばれる試し刷りを用意し、誤字脱字を鉛筆で指摘し、確認してもらうために本人に送付する。本人は訂正箇所を赤ペンで記入し、こうしてくださいという形にして送り返す。

「ゲラを注意深く見てみたところ、問題の文末はたしかに赤ペンで訂正が入っていた。八木沢さんはその通りに直しただけなんだ。つまり、送り返された段階で文章は変えられていた」

「じゃあ、もしかして『寿々川』の中の人が？」

善正だけでなく、八木沢も志田も海老原もうなずいた。

「誰なんですか」

「社長に話を持っていったところ、ちゃんと調べてくれたよ。喜一郎さんの妹さんだ。竹美《たけみ》さんというんだけどね」

二俣川《ふたまたがわ》に住んでいるそうだ。店にときどきふらりと遊びに来る。その日も店にやって来て、五階の事務所で顔なじみとおしゃべりしたり、新作の和菓子を食べたりしたあと、机の上のゲラに気がついた。竹美さんは何かしらと手に取り、目を通すなり顔をしかめた。文中にある女性の話はすでに耳タコだった。未だにこんなところに書くなんて。未練たらしいもいいとこ。寿々川家の恥だわ。亡くなったお義姉《ねえ》さんにも悪いじゃないの。そう思い、まわりに誰もいないのをいいことに赤ペンで修正した。

喜一郎さんとは帰りがけに店の二階で顔を合わせ、「変えといたわよ」と伝えたそうだ。喜一郎さんは聞いた覚えがなく、耳にしたとしても、それだけではなんのことだかわからなかったと弁明している。

喜一郎さんにきちんと伝える意志が最初からなかったのかもしれない。竹美さんにしてみれば、修正版が載るのでかまわなかった。変えたのはほんのちょっとであり、前よりずっとよくなった。それくらいの気持ちだったのでは。じっさい本人はすっかり忘れ、コラムも読んでない。ハマペコが大変な目に遭ってると聞かされ、そこは申し訳なかったと言ってるようだ。喜一郎さん相手には開き直り、いろいろまくしたてた。昔から口ではとてもかなわないと、喜一郎さんの息子である社長もお手上げ状態らしい。

とんだとばっちりだが、誤解がとけたのは何よりだ。喜一郎さんにしてみれば、「いい年して」というのが一番言われたくないことだったのだと、年齢の近い海老原がしみじみ口にした。喜一郎さんは御年八十歳。誰かに言われる前にわざと書いて一《いっ》蹴《しゅう》し、奮起しようとしていた矢先、ねじ曲げられた。恥をかかされたと思い、カッと頭に血が上った。

「今さら昔のことを蒸し返してもどうにもならないと、本人が一番思っていたのかな。だとしたら同じ高齢者としてちょっと切ない。年を重ねるって、取り返しの付かないことも増えていくんだよ」

海老原の話に耳を傾けながら、他部署の人たちも交えた特上寿司パーティはお開きとなった。みんなそれぞれの仕事に戻っていく。パソコンにかじりついたり、精算伝票を起こしたり。

善正は長電話をかけていたが、終わって一段落したらしいところを見計らい、千紗はすばやく話しかけた。

「よっちゃん、昨日の時点で誤解の内容がだいたいわかっていたんでしょ。それでも横須賀に行ったんだね」

「そりゃ、気になるだろ、喜一郎さんが探し求めている人だ」

千紗はうなずく。同感だ。そんなところは似たもの同士かもしれない。思えばせっかくふたりきりになれたのに、喜一郎さんのことしか話さなかった。どうして自分と善正はいつまでたってもいい感じにならないのだろう。考えても虚しいだけなので、千紗は手にしていた本を見せた。

「昨日の帰りね、図書館に寄って借りてきたんだ」

「へえ」

善正は無邪気に相好《そうごう》を崩す。知っている本らしい。千紗の見せたいものについてはどうだろう。付箋《ふせん》を貼っておいたので、くだんのページはすんなり開く。

「これ、パリの地図でしょ？　スカーフにはこんな柄もあったんだね」

吸い寄せられるようにのぞき込んだ善正の顔から笑みが消える。眉間に皺を寄せ、ちょっと貸してと言って本を手に取る。左上の四角い建物は凱旋門だろう。それを中心として放射状に延びる道路、真ん中を流れる川、いくつもの橋、川のそばに建つすらりとした塔。エッフェル塔ではないか。

「ほんとうにパリだね」

「でしょ。やだもう、むずかしい顔して。よかった。おしゃれで素敵だよね。こういうスカーフ、綾子さんも見たかな」

「三益商店がスカーフを作っていたなら、さまざまな工程を間近で見ていただろうし、スカーフの図案を目にする機会もあったと思う。自社製品も他社の流行の柄も、その気になればたくさん見られたんじゃないかな」

真剣な顔のまま言うので、千紗は小首を傾げた。

「どうかしたの？」

「この前から、ちょっと引っかかっていることがあったんだ」

「え？　まだあったの？」

「あるんだよ。喜一郎さんがかつての憧れの女性を本気で探したいと思ったなら、もっとメジャーな雑誌にコラムを寄稿することもできたはずだ。どうしてハマペコを選んだんだろう。さっき喜一郎さんから電話をもらったときに、思い切って尋ねてみた。そしたら数年前のハマペコの記事に、気になるものがあったと言うんだ。久しぶりに綾子さんのことを思い出させる内容だった。あとからゆっくり見ようと思っていたところ、バタバタしているうちに日にちが過ぎ、どの号のハマペコだったのかわからなくなった。それきり数年が経ち、去年の春、綾子さんについて思いがけない真実を聞かされた。にわかに消息が知りたくなったが、今では内容さえほとんど覚えていない」

「ハマペコの記事なら、よっちゃん、わかるんじゃないの？」

　肩をすくめて首を左右に振る。

「さすがにそれだけじゃね。正しくは記事に対しての、読者からの投書だったらしい。喜一郎さんも無理だと思い、投書主の目に触れればいいなという一縷の望みで、ハマペコでの連載を始めたんだ」

　毎週発行しているハマペコは、一年で五十冊として四年で二百冊だ。特集記事も投稿記事も膨大な量になる。

「ヒントがなければ、よっちゃんでもお手上げなんだね」

「うん。でもこのスカーフの柄を見て、最初の原点を思い出した」

「原点？」

「綾子さんは『私のキング』を探していた。関内のキングかと尋ねられたとき、意味深な顔でうなずいたそうだ。ということは、否定してないんだよ。彼女はほんとうに関内のキングを探していたのかもしれない」

　意味がわからない。棒立ちになる千紗を手招きし、善正は古びたキャビネットの中からいくつかの段ボール箱を引っ張り出した。中にハマペコのバックナンバーが詰まっている。

「ちょっと待って。この全部を調べるの？」

「数年前ならば、おれがここで働き始めた時期と重なる。その中で、横浜三塔の特集に絞れば決して多くはない。折々のイベント情報を抜かして、一面を飾ったのはおれが覚えている限りたったの一回だ」

段ボール箱の横っ腹に書かれた年号を見て、善正はひと箱を選ぶ。

「たしか、三年前の春」

そこからは千紗も手伝って、二月から五月にかけてのバックナンバーを見ていく。一面の特集なので、さして時間もかからず探し出すことができた。「横浜三塔物語ロマンチックな言い伝えを知ってますか？」という見出し文句だった。

「この中のどこかにあるの？」

「いや、この記事を受けての投稿記事だ。数号あとになるね」

今度は中のページまでくまなく目を走らせる。ややあって、善正が「これか」と声を上げた。

いつの間にか寄ってきた志田や八木沢、海老原と共に、小さな囲み記事をのぞき込む。

「先日の三塔特集を読み、数年前に利用したパリのプチホテルを思い出しました。そこにはパリの古い地図と共に、横浜三塔のイラストが額装されて飾ってあったんです。マダムは日本の方で、横浜生まれとのことでした。お元気かしら。また行ってみたいです。中区　M子」

パリと横浜三塔、横浜生まれのマダム、これらの内容が喜一郎さんの目に留まったのだろう。でもそのときはまだ、金持ちのパトロンと共に渡仏した女性という認識しかなく、強い関心を抱くには至らなかった。

けれども去年の春、幼なじみの嘘を知る。綾子さんに同行者はいなかったのかもしれない。もしも夢を抱いての、たったひとりの旅立ちだったなら、心から激励したかった。思いの丈《たけ》を込めて、明るく送り出したかった。そうできなかった悔いが募る。彼女に詫びたい気持ちもあるにちがいない。

喜一郎さんの思いを推し量っていると、善正は段ボール箱を開いていた机から離れ、自分の席でパソコンを操作していた。

「何してるの？」

「この投稿は葉書ではなく、メールで来たのかもしれない」

だとしたらデータとして残っている可能性があるとのことだ。みつけ出せたら「中区　M子」さんについて手がかりが得られる。少なくともメアドがわかる。誌面に載った以外のエピソードもメールにあるのかもしれない。

みんなして固唾を飲んで見守った。善正のキーボードがカタカタと乾いた音を立てる。カーソルがマウスに合わせて動き、画面の中のフォルダーを次々に開けていく。閉じていく。

と、短い声がこぼれた。

「あっ」

一斉に、「何！」と騒ぐ。頭と頭をぶつけながらのぞき込む。メールの冒頭に「拝啓　ハマペコ編集部様」とあった。

「ちょ、ちょっと、押さないでください。志田さん、マウス返して。画像が添付されているんですよ。開きます」

クリックして画面が切り替わった。出てきたのは建物の内部で、雰囲気からしてホテルのエントランスだろうか。壁に正方形の額縁がふたつ並んでいる。ズームしてみれば、中にあるのはパリの市街地図。千紗のみつけた写真に酷似《こくじ》している。もう一枚は……。

「これ、正面にあるのはキングじゃない。右はクイーン。左にジャック。横浜の市街地図よ。おしゃれにデザイン化されてるけど」

うわずった志田の声にみんな首を振った。大きく深く、縦に。

「どちらもスカーフかも。ねえ、よっちゃん」

「そう見えるね。そして横浜の方は、綾子さんが関係してるんじゃ……。ひょっとして、図案を描いたのかもしれない」

「だから、『私のキング』だったの？」

私の描いた関内のキング。家業がスカーフ製造であったなら、若い女の子が描いた絵を見てくれる人はいたかもしれない。親しい職人がトレースし、試作品としてスカーフに仕立ててくれたのかもしれない。けれど小火に見舞われ、工場も被害を受けた。立ち直ることができず廃業に追い込まれ、家族はおそらく別の土地に移り住む。作ってもらったスカーフも行方がわからなくなる……。

けれど彼女はあきらめなかった。大きな夢を胸に、「私のキング」を探し続ける。そしてあるときとうとうみつけ、それがパリ行きの要因になったのではないか。もしかしたらかつてその柄を評価した人がいたのかもしれない。これを描いたのは自分だと、直談判に行くシーンが千紗の脳裏に浮かんだ。

M子さんからのメールには、デザインを学ぶためにパリに来て、縁あってプチホテルのオーナーになったというマダムの話が添えられていた。隅々まで目配りの行き届いた美しく小粋なホテルで、さすがですねと言ったら誇らしげに微笑んだそうだ。

「もう一枚、写真がある」

善正の言葉と共に画面にツーショット写真が表示される。ひとりはM子さんだろう。お団子頭の三、四十代とおぼしき女性だ。その隣には、整った顔立ちにきちんとメイクをした美人オーラ全開の年配女性が立っている。

「これ、綾子さんじゃない？」

横須賀の稲本家で見せてもらった古い写真を千紗は思い出した。大らかに笑っていた女性とすんなり重なる。若かりし頃の個性を少しも失っていない。

「いっぱい謝らなきゃいけないね、喜一郎さん」

「今でもこのスカーフを飾ってくれているなら、少なくとも横浜のことは懐かしがってくれるよ」

ふたりの再会はあるだろうか。それをコラムに綴る日は来るだろうか。

どうかふたりとも、いつまでもお元気で。特上寿司の香りの残るオフィスで、ハマペコ編集部一同、願わずにいられなかった。

馬車道セレナーデ

毎日大きな声で唱えたりはしないけれど、あってほしくないものとして千紗が恐れているのに、地震や大雨といった天災、家族の病気、事故、友だちとの仲違いなど、普遍的なものに加えもうひとつ、他に分かち合う人のいない孤独な悩みごとがある。母方の従姉妹、恵里香の帰国だ。

もしも千紗の家に身を寄せていた恵里香が善正と顔を合わせたりしなければ。合わせたとしても、善正が一目惚れ（おそらく）などしなければ。あるいは恵里香が最初から最後までまったく善正を相手にしなければ。無邪気に憧れるだけの親戚のお姉さんだっただろう。

恵里香が家にやってきたのは八年と数ヵ月前。あの頃小学生だった千紗は高校生になり、その高校も一週間前に卒業した。記念イベントとばかりに、仲の良い友だちとディズニーランドに繰り出し、必死に探した近隣の安いホテルで一泊した。二日目は寝不足にもめげずディズニーシーで盛り上がり、歩きまわり、くたくたになって帰宅した翌日のことだ。

恐れていた事態が起きた。正しくは、すでに起きていた。

「恵里香ちゃんね、アメリカから帰ってきたんだって」

いつまで寝ているのと布団をはがされ、仕方なくフリースを羽織って一階に下り、だらしなくダイニングテーブルに突っ伏していた。母親の突然の言葉に頭が持ち上がる。

「いつ？　どうして？」

「お正月は向こうだったみたいだから、二月頃じゃない？」

動揺を抑え、冷静に聞き返す。

「いつまで？　二月って言ったらもうひと月になるよね。まだこっちにいるの？」

母親は昨夜のスープを温めながら応える。

「ずっとよ。向こうを引き払って、本格的に帰ってきたの」

今度の動揺は大きかった。「嘘でしょ」の「う」が、そのまま呻《うめ》き声になる。酸欠状態になった頭の中に、神の啓示のように重大事項が舞い降りてきた。

「結婚は？　そうだよ、ほら、結婚。容子叔母さんが言ってたんでしょ。恵里香ちゃんがアメリカ人と暮らしてて、結婚するかもしれないって。ついこの前の話だよ。もしかして相手も日本に来てたりするの？」

「さあ」

母親はコンロの火を消し、食器棚からカップを取り出す。千紗にスープを飲ませてくれるらしい。それよりも。

「ねえってば、アメリカ人の彼氏！」

「そういう話は聞いてないわ。だから、恵里香ちゃんひとりなんじゃない？　川崎のマンションにいるみたいだし」

川崎のマンションとは、離婚した伯父さんが今住んでいるところだ。

「もっとちゃんと確認してよ。肝心なことだよ。なんでこんなに急に帰ってくるの。ずっと向こうでやってくんじゃないの？　だからギャラリーで働いて、アメリカ人とも暮らしていたんだよね。いきなりどうして。わけがわからない。へん。おかしい」

「あんたの方がよっぽどへんよ。なにムキになってるの。どこで働こうと誰と結婚しようと、別にいいでしょ。恵里香ちゃんの自由なんだから」

ぴしゃりと正論を返され、千紗は言葉を失う。苦々しく唇を歪めているはずが、気がつけば目の前のスープに息を吹きかけていた。とろけかかったジャガイモのように、自分の心もへたり込みそうだ。

恵里香のことがなくてもこのところ、千紗の心はふさぎがちだった。四月になれば大学生活が始まる。入学式のあと各種ガイダンスを受け、デザイン系の学部の新一年生としてキャンパス内に点在する校舎で授業を受けることになる。友だちはできるだろうか。勉強について行けるだろうか。入りたくなるサークルは見つかるだろうか。不安はいろいろあるが、楽しみがないわけでもない。期待を込めて選んだ進路だ。何も、うらぶれた枯れ野を想像しているわけではない。キャンパスには新緑が繁り、花壇にも花が咲いているだろう。パンフレットには明るい写真が載っていた。

けれどその前に、今やっているアルバイトは終わってしまいそうだ。ハマペコ編集部での雑用係兼イラスト係は、もともと短期間でかまわないからと強引に潜り込んだバイトだ。週に三日前後、数時間ずつのシフトを入れてもらい、時給計算で給料をもらっていた。けっして景気のいい職場ではない。本来、雑用はあってもバイトを雇う余裕はないのだと思う。今は編集長が病気療養中のため、大目に見てもらったのだと中にいてよくわかった。

その編集長も来月には復帰してくるらしい。いよいよ自分の居場所はなくなる。

「千紗ちゃんは三月いっぱいまで」というのが暗黙のお約束だ。「春から大学生ね」「もっと割のいいバイトがたくさんあるわよ」とも言われている。そのたびに曖昧《あいまい》にうなずき、肩をすくめる。寂しいなと、少しだけ本音を漏らす。

バイトの終了が善正との別れも暗示しているようで、明るい笑顔にはとてもなれない。互いの住まいは近所なのだから縁が切れるわけではないのだけれど、忙しい彼のことだ。顔を見る機会はめっきり減ってしまう。編集部の仕事という共通の話題もなくなる。

そこにもたらされた恵里香帰国の報。善正は知っているだろうか。結婚もせず帰ってきたとしたら、これから先、彼の恋が叶う可能性は大いに……でなくとも、多少なりとも増えるのではないか。

そんな考えをぐるぐる巡らせながら地下鉄の関内駅で降り、地上に出て歩いていると、編集部の入っているビルのそばで声をかけられた。

「千紗ちゃん」

顔をあげてきょろきょろする。

「千紗ちゃんでしょ。そうよね。ああ、びっくりした。こんなところで会えるなんて」

恵里香だった。息をするのも忘れるくらいに驚く。白いハイネックのニットの上に、アイボリーのジャケットをまとった、ただそれだけで品の良さを醸《かも》し出す最強の従姉妹が目の前に立っていた。

「どうして。なんで」

呆然とする千紗のもとに恵里香は歩み寄り、小声でささやいた。

「なんとなくね、来てみたの。この近くに小谷くんの職場があるみたいで。ほら、千紗ちゃんちの隣の隣だっけ。小谷善正くん。今でもおうちは変わらずあそこかしら」

「うん」

「そう。彼、『ハマペコ』っていうタウン誌で働いてるんですってね」

「それで、来たの？」

ハマペコの現物を見れば、あるいはネットで探せば、編集部の住所は明記されている。

「千紗ちゃんはどうしてここにいるの？　このあたりに用事？」

「私は――」

取り繕う余裕もない。祖父の法事のときに会って以来なので恵里香に会うのは四年ぶりだ。渡米してからは一度も顔を合わせてない。久しぶりに会う従姉妹は眉毛の形も麗しく、睫《まつげ》はナチュラルに長く、唇はつややか。頬は絶妙なバラ色だ。髪の毛は柔らかなウェーブで、全体的に茶色がかったロングヘア。十代の頃に比べ、美しい方向に磨きがかかっている。

「千紗ちゃんと会えるなんて、私にとってはすごくラッキーな偶然よ。ほんと嬉しいわ」

　ハマペコでのアルバイトを打ち明けると、時間はないかと言われ、千紗は時計を見ながら少しだけと答えた。雑用係なので三十分くらいの遅れならば誰も気にしない。半ば強引に連れられ、近くのコーヒーショップのカウンター席に腰かけた。

「大学はデザイン系の学部？　そういえば千紗ちゃん、絵がうまかったよね。小学生でも私よりずっと上手にいろんなものを描いてた。花でも犬でも猫でも」

「そんなことないよ」

「タウン誌ではイラストも担当してるんでしょ。どんなの？　見せて」

　せがまれて、鞄の中からスケッチブックを取り出した。久しぶりに会った社交辞令のようなものだろうが、小学生の頃のことを言われると、恵里香と過ごした日々が思い出され懐かしい。たしかに、お絵かきごっこはよく付き合ってもらった。

　ページを開き、描きかけのタウンマップを見せる。おそらくは最初で最後になるであろう、千紗にとっての大仕事だ。特集記事に合わせ手描きマップを掲載することになり、任せてもらった。

「これも横浜のどこか？」

「馬車道《ばしゃみち》なの」

「ああ。鹿鳴館《ろくめいかん》みたいなお祭りのあるところね」

恵里香は興味深そうにのぞきこみ、添えてあるイラストがかわいいと目尻を下げる。千紗はただたどしい受け答えしかできなかった。いまだに状況が呑み込めない。スケッチブックをカウンターに置き、熱々のミルクティーに砂糖を入れ、スプーンでかきまわす。

「恵里香ちゃん、アメリカから帰ってきたんでしょ。先月だっけ」

ようやく聞きたいことを口にした。

「そうなの。ひととおり、やりたいことはやったから」

「容子叔母さんが言ってたよ、恵里香ちゃんにはアメリカ人の彼氏がいるみたいって」

「ああ」

「その人はどうしたの？」

親戚ならではの「遠慮なし」を発揮させてもらう。恵里香はコーヒーカップを両手で包み込み、ふっと息をついた。柔らかそうな唇が少しだけ尖る。

「いろいろあってね。毎日あれこれ悩んだの。向こうで結婚してアメリカ人になり、この先もずっとあそこで暮らしていくかどうか。悩んだり迷ったりして結局、帰ることに決めたの」

シンプルな答えだ。シンプルすぎて返す言葉が浮かばない。生まれ育った国から離れ、言葉も生活習慣もちがう人たちの中で暮らしていくのは、たしかにいろいろありそうだ。千紗にはぼんやりとした想像しかできないけれど。そしてこの日本が、恵里香にとって死んでも帰りたくない国ではなかった、というのを喜ばしく思う。一応、親戚として。

「今はふつうに就活中よ。今日もそれで横浜まで来たの。帰りがけに小谷くんのことを思い出して、なんとなくうろうろしてた」

思い出したんだ、と心の中でツッコむ。

「押しかけるつもりはなかったのよ。このあたりかなとビルを見上げ、引き揚げようとしていたところ。そしたら前から千紗ちゃんが歩いてきて」

「連絡とかは？　よっちゃ……小谷さんに」

「してない。でも一度、ニューヨークで会ったことはあるの」

「よっちゃんが行ったの？」

知らなかった。初耳だ。

「私が向こうに行って、一年になる頃かな。何かのついでだったと思う。急にメールが来て、待ち合わせて、一緒に町を歩いたり、現地の友だちを交えてご飯を食べたりした。だから帰国したことも知らせなきゃと思ってるんだ。彼は今どうしてる？　ああ、タウン誌を作っているのね。久しぶりすぎて、どう連絡していいかわからない。

相変わらずなのかな。昔と変わらず真面目で不器用で、優しくて物知り？」

少し照れたように、茶目っ気をのぞかせて微笑む恵里香は、ほのかに色づいたクリーム色のバラのようだ。高校時代のような翳りは見当たらない。にっこり笑っていても、誰も近付かせまいとする硬質のバリアをまとっていたのに、今は嘘のようになめらかで、軽やか。

「このさいだから、千紗ちゃんにひとつ、聞いちゃおうかな」

「何？」

「小谷くん、今付き合っている人はいるのかしら」

ちょうどミルクティーのカップを手にしたところだった。千紗はそのまま何事もなかったように口元に持っていき、ゆっくりと一口飲む。ぬるくなった甘ったるいミルクティーに気持ちを落ち着かせる。

「いるって言ったら？」

「連絡するの、やめようかな」

十代の少女のようなことを。

「いないって言ったら？」

すぐに返事をしなかった。視線を前に向け、ガラス窓の向こうの街角を眺めながら口元を動かす。つややかな唇の片方だけが持ち上がる。硬質のバリアがちらりと見えた気がした。

「会ってみようかな、ちょっと」

そのちょっとが劇薬の一滴になりかねないことを、恵里香はわかっているのだろうか。強《こわ》ばる千紗をよそに、視線を窓からスケッチブックへと動かし、余白部分に指先をのせる。

「馬車道だっけ。懐かしい。私にも思い出があるわ。小谷くん、何も言ってなかった？　もう忘れちゃったかな。あの頃の私は何も考えていなかった。だから、ただただ面白がっていただけ。でも今なら、少しは自分と重なったりするの」

なんのことかと千紗が尋ねても、恵里香は口をつぐんだきり、ひどく遠い目をしてスケッチブックを眺めていた。高校生の頃の彼女がダブる。何事もないようにおっとりと礼儀正しく振る舞っていても、ときどき冷めた顔で窓越しに空をみつめていた。その空にはたいてい灰色の雲が重苦しく広がっていた。

馬車道はＪＲ関内駅近くにある吉田橋《よしだばし》から、海に向かって本町《ほんちょう》四丁目の交差点まで延びる五百メートルほどの通りを指している。今では本町四丁目付近にみなとみらい線の馬車道駅もでき、その先の万国橋《ばんこくばし》という大きな橋まで足を延ばせばランドマークタワーや大観覧車も一望の下。赤レンガ倉庫にも近く、観光客の往来でにぎわっている。

開港当時は通り沿いに銀行や商店が軒を並べ、日本初の物も数多くあった。真っ先に言われるのがアイスクリーム。江戸末期に幕府が派遣した使節団が、訪問先であるアメリカで初めて食べたとされている。このとき使節団に随行したのが咸臨丸《かんりんまる》であり、咸臨丸に乗っていた町田房蔵《まちだふさぞう》が帰国後の明治二年、馬車道通りで日本初のアイスクリーム「あいすくりん」を製造販売し始めた。

馬車道商店街ではこれを記念し、毎年五月に「馬車道あいす」を無料配布するイベントを開催している。

千紗の制作しているマップでもこれはしっかり取り上げられる。むしろ、このイベントに合わせての特集記事なのだ。無料のアイスクリームが配られるのは九日「アイスクリームの日」の一日限りだが、前後数日は近隣の店が屋台を出し、通り全体がにぎやかに盛り上がる。その様子を明るく楽しくイラスト化することで、各店舗からの広告掲載をめざすのが、表には出さないまでも特集の重要な任務だ。文化祭のパンフレットとはちがう。常に収益を狙うのが仕事だと千紗も学んだ。

ハマペコ編集部の志田から話を聞き、昨年の写真を見せてもらい、アイスクリームを食べている人々や屋台の売り子さんを描いてみる。カツサンドやクッキーの詰め合わせを、そうとわかるように描くのはむずかしい。

アイスクリーム以外の日本初にはガス灯がある。明治五年、馬車道の通りに沿って設置され、点灯された。柱部分はイギリスのグラスゴー市から輸入し、灯具は日本人の職人が製造したと言われている。ガス灯そのものの点灯は大阪の造幣局《ぞうへいきょく》が一年先んじるらしいが、ガス会社を興し、ガス管を引き、街路に灯りをともしたのは横浜が初になるようだ。

日が暮れれば真っ暗になり、手に持つ提灯《ちょうちん》が足元を照らすだけの時代だ。ガスの光は小さな満月が降りて来たような明るさだっただろうか。

今でも馬車道に行けばモダンでシックな街灯が並んでいる。もともとは昭和三十年代後半に作られた水銀灯とのこと。それを平成になってガス灯に改造し、以来毎晩、ガスの灯りが夜の街を照らしている。マップを描くにあたり詳しく調べて初めて知ったことだ。電気とはちがう明るさを伝えられればいいけれど、油絵にしても無理そう。

イラストとして頑張る余地があるのは街路樹かもしれない。馬車道は慶応三年、日本で初めて街路樹が植えられた通りだそうだ。通商条約が結ばれ、外国船が次々に寄港するようになると、貿易を支えるために通貨の供給や流通を促進すべく横浜正金《しょうきん》銀行が開業する。場所は本町四丁目。そこからさらに活気づき、他の銀行やら商店やらが軒を並べ、店舗の前に植えられた柳や松が彩りを添えた。

柳。松。千紗の思う街路樹とはちょっとちがう。今現在の雰囲気とも異なる。

「ガス灯の方がたしかに絵になるわね。形として」

新しくオープンした菓子店の取材に来た志田が、千紗と合流してスケッチブックをのぞき込む。

「街路樹は言葉で紹介しておけば？」

「ですね」

「それよりも描いてほしいのは正金銀行よ」

志田が誇らしげに指を差すのは、威風堂々とした建物の正面部分だ。全体像が見えるよう、道路を渡って少し離れたところに立つ。

「明治三十七年竣工、地上三階地下一階。八角形のドームを持つネオバロック様式。設計したのは明治建築界の巨匠、妻木《つまき》頼黄《よりなか》。工事監督、遠藤於莵《えんどうおと》。近代建築の記念碑的作品であり、国の重要文化財。どうよ」

「はい」

「試験に出るから覚えておいて」

「はい」

「これはね、千紗ちゃん。関東大震災に耐え抜いた建物なのよ。横浜のありとあらゆるものが崩れ落ち燃え尽きるのを見た、つまり生き証人なわけよ」

建物も生きているとしたら、そんな言葉も当てはまるだろうか。横浜の歴史を調べていると江戸後期、明治、大正にあった建造物の多くが関東大震災によって失われている。元町百段も、グランド・ホテルも、根岸競馬場の観覧席も、県庁や税関の建物も。そのときの瓦礫を埋め立てて山下公園ができたほど、おびただしい量だった。

特に火災による被害は大きく、市内中心部から周辺にかけて一面が焼け野原になった。千紗たちが立っている場所もだ。倒壊や焼失を免れた建物があるのは奇跡に近い。

「今の横浜を見て、生き証人は何か言いたいことがあるでしょうか」

「頭《ず》が高い、じゃない？　ほら、まわりは高い建物ばかりよ」

なるほどと、思わず笑ってしまう。

「でも、すごく風格があって威厳《いげん》に満ちあふれて、他とは全然ちがいますよ」

「戦前の日本最大の銀行だったからね。頑丈に造ったんだとは思うわ。でも火の勢いは激しくて、窓ガラスを割って中に入り、内部を燃やしてしまったのよ。てっぺんにあるドームもそのときなくなってる。戦後にようやく復元されたの」

「燃えたんですか」

知らなかった。千紗の声を受けて、志田は神妙な面持ちでうなずく。

「地下だけは無事で、そこに逃げ込んだ人たちは助かったらしい。それ以外の人たちは、おそらくみんな……。ああ、ごめん。もう九十年も前になるのよね。感傷に浸って暗くなるよりも、今できることをしなきゃだわ。それを伝えるために、横浜正金銀行はこの場所に残ってくれたのかもしれない」

「できることって？」

「昔じゃなく今だって、大地震は起きてるでしょ。被害に遭って困っている人はたくさんいる。私たちがしっかり働いて稼いで、募金に協力するとか、特産物を買ってもりもり食べるとか、できることはいろいろあるわ」

背中をポンと叩かれるような言葉を聞き、千紗はスケッチブックを持つ手に力を入れた。過去の惨事《さんじ》を知り、うつむいているだけではダメなのだ。これからのために学び取れることはきっとある。

「頑張ります。頑張って、国宝の銀行を立派に描きあげます」

「いやいやいや、待って。国宝でなく重要文化財だから。そして今は銀行じゃなく県立歴史博物館だから」

そうでしたっけとひるみつつ、千紗はスマホを取り出して写真に収めた。

「張り切りすぎないでね。余計なことを言っちゃったかな。明るくかわいいマップが一番だから。そうだ、ときどき描いてるキャラクターも使えばいいわ。ＰＯＰ感、増強」

「ハマ子とペコ太ですね」

「へえ。そんな名前なんだ」

イラストを担当するようになってから千紗が考案した二頭身キャラだ。ハマちゃんはともかくペコちゃんにすると不二家のキャラクターとかぶってしまう。苦肉の策でペコを男の子にしてみた。ハマ子は横浜市の市花であるバラの花を頭に載せ、ペコ太はカモメが頭にとまっている。

絵柄はともかく名前の認知度はまだまだ低い。上げる間もなく手放す時期が来てしまう。一番親しく口を利いてきた志田には覚えておいてほしいが、忙しい彼女には次の用事が控えている。馬車道駅から横浜駅に出るとのことで、銀行——ではなく、今は博物館になっている建物の前で別れた。

そこからひとりになって関内駅まで歩く。絵にするとなると自分の中のイメージ作りも重要で、並んでいる店舗だけでなく道行く人にも視線を向ける。ひとりでさっさと歩いて行くスーツ姿の男性もいれば、カメラを手にした若い女性もいる。ところどころ立ち止まっているのは観光客だろう。年配の夫婦連れが指を差している方角に目をやれば、工事中の幌《ほろ》がかかっている。なんだろう。有名なところだろうか。場所をたよりにあれこれ検索してみると、創業明治三年「平安堂薬局」らしい。ビル建て替えのため、近くの仮店舗で営業中とのこと。

「よっちゃんも知ってるかな。だよね」

声に出して呟き、彼との別のやりとりを思い出した。マップを描くにあたり、馬車道では何が一番好きかと善正に尋ねてみたのだ。彼は仕事の手を止め、大真面目に腕を組んで首をひねり、しばらく考えてから「乗合馬車かな」と答えた。

「好きというか、そそるって感じだね。馬車道にはたくさんの『日本初』があって、そのどれもが味わい深い。アイスクリームやガス灯の他にも、毎日発行される新聞ってのがあってね。横浜活版社というところから創刊され、一枚刷りで内容は主に貿易に関することだった。今では『日刊新聞発祥の地』という記念碑が建っている」

善正の言葉が脳裏に蘇り、千紗は小脇に抱えていたスケッチブックを開いた。新聞の記念碑に加え、ガス灯は馬車道にある関内ホールの前に当時の物を復元して設置されている。アイスクリームについてはシンボル的な発祥記念彫像「太陽の母子像」が歩道の途中にある。今のところマップ上では印だけだが、直接確認して「よし」とうなずく。

しかし善正が一番としてあげたのは、この三点ではなく乗合馬車だ。

「明治二年に下岡蓮杖《しもおかれんじょう》という人が乗合馬車の営業を始めたんだ。吉田橋の近くに発着所を設け、東京まで片道四時間くらいだったらしい」

千紗は「ふうん」と気の抜けた声を出した。

「乗合馬車のどこがそんなにそそるの？」

「今はもうないからかな。今というより、乗合馬車そのものがほんの数年ですたれてしまうんだ。どうしてだと思う？」

善正は体をひねり、自分の席の後ろに置かれているキャビネットから薄い本を引っ張り出した。ぱらぱらめくり、千紗の前に出してくれた。そこにあったのはモノクロの写真で、馬が荷車のような物を引いていた。まわりに写っている人のほとんどが着物姿だ。場所はどこだかわからないが、二階建ての頑丈そうな建物の横に、ひょろりと真っ直ぐ伸びたガス灯が見える。

「着物姿の人が多いから、この写真が撮られたのは明治の初め頃だよね。ガス灯が写っているから馬車道の近くかな」

「千紗ちゃん、ご明察だ。吉田橋の風景写真だよ」

「馬車がすたれた理由は……馬が足りなかったから？　いろんなところで馬車に乗りたい人が増えたら馬は引っぱりだこだよね。でも当時の日本に馬は少なかった、というのはどう？」

善正はにやりと唇の片方だけつり上げた。

「欧米に比べて、日本では馬車が根付かなかった。曲がりくねった路地が多くて、小回りの不得意な馬には向かなかったとか、坂道のアップダウンが多くて馬がへたばったとか、理由はいろいろ言われている。けれど、下岡蓮杖の設立した成駒屋《なりこまや》があっという間に衰退したのは、もうひとつ大きな原因がある。鉄道ができたからだよ。明治五年、今の桜木町駅と旧新橋駅の間に列車が走った。所要時間は一時間かからなかったらしい」

「馬車は四時間って、さっき言ったっけ」

「うん。列車の運賃も駕籠《かご》の料金を参考にして、そこから徐々に下げたそうだから、ありえないほど高くはない」

断然速くて、運賃は他の乗り物と比べて妥当性がある。お客さんが取られてしまうわけだ。馬車の発着所ができたのは明治二年で、鉄道は明治五年。たったの三年後。ほんとうにあっという間だ。

「馬車の発着所ができるのは、当時として自然な成り行きだった。けれど日本の鉄道は開業も普及も、驚異のハイスピードだったらしい。なんたって横浜が開港し、貿易船が行き交うようになってから、たったの十三年後だよ。枕木がどういうものなのかも知らなくて、そこから始まったというのに。千紗ちゃんは十八歳だっけ。五歳のときには見たことも聞いたこともなかった乗り物が、今、目の前を通り過ぎていくんだ。すごいだろ」

善正の熱弁に耳を傾けていると、ＳＦ映画で見た空飛ぶ車がもうすぐ迎えに来るようだ。

「よっちゃん、馬車よりも電車の方に興奮してない？」

「電車ではない。蒸気機関車だ。開業時に走っていたのはイギリスからの輸入品。もちろんそちらも大変興味深いけれども、短い間で衰退してしまったことも含めて、乗り合い馬車はなんか、人間くさいだろ」

千紗はどう答えていいのかわからず、ふうん、そうなんだと肩をすくめるようにして自分の席に戻った。相変わらず変な人と思いながらも、線路の上を力強く走り抜ける大きな鉄の塊より、開業後わずか数年で経営難に陥るような乗り物に心を寄せる善正のことが、自分は気になるのだと思い知らされる。

元町の洋装店、「アキヤマ」のミホさんと百段階段の関係を考えてくれたのも、山手の洋館にまつわる七不思議によからぬ作為を感じたのも、小さな物事、ささやかな出来事を、軽んじたりしないから。重きを置くわけではないだろうが、取るに足らないつまらないこととはしない。足を止め、じっとみつめる。気にかけて真意を知ろうとする。そしてわかり得るのがすごくちっぽけなことでもがっかりしない。心の中でかすかにうなずくか、大きくうなずくか、にやにやするか、悲しいことならそっと目を伏せるか。

人はそれを地味とかマニアックとか言うのかもしれない。でも善正がそういう人でなければ、弟の病気に両親が付きっきりのため、預かることになった隣の隣の家の女の子に、見向きもしなかっただろう。お絵かきや折り紙の手を止め、千紗が幼稚園で起きた困ったこと、あるいは学校で起きた理不尽なことを話せば、それは大変だねえと、今思えばとてもゆるい相槌を打ってくれた。たいていはゲームをしながら。漫画を読みながら。あのゆるさが張り詰めていた気持ちをほぐしてくれた。アドバイスめいたものをもらったかどうかはよく覚えてない。贔屓ばかりしている先生の愚痴《ぐち》をこぼしたのに、先生の苗字が珍しいと目を輝かせたり（権平《ごんべい》だった）、意地悪な男子の憎まれ口に言い返す言葉を考えてくれても、ややこしいだけで覚えられなかったりと、あまり役には立たなかったが、慰められた。

そういったひとつひとつに引き寄せられていたが、もしも善正のようにちょっとしたことにでも目を向け、気にかけ、ゆるく受け止めてくれる人が他にいたら、自分の心も変わるだろうか。今は交友関係が狭くて、出会えてないだけだろうか。

自分はこの先、変わった方がいいような気がしている。理由はわかっている。恵里香が帰ってきたからだ。

バイト先の近くでばったり会ったあと、千紗は善正に何も言えなかった。すぐそこまで来ていたんだよ、よっちゃんに会いに来たみたいだよ、これからずっと日本にいるんだよ、そういったこと。

黙っている間にも当の恵里香から連絡が行きそうで仕事に集中できない。恵里香は馬車道に思い出があるらしい。善正も知ってるようだ。そのことも気になった。いったいなんだろう。わずか数年ですたれた乗合馬車とは関係ないだろう。あれは明治の話だ。念のため、かつて発着所があった場所、吉田橋近くに石碑でも建っていないかと調べたがなさそうだ。

「よっちゃん、乗合馬車以外の馬車道の思い出って、個人的に何かない？」

ついさっき、志田と共に編集部を出るとき、志田がトイレに行ったわずかな時間に素早く話しかけた。善正はデスクでパソコンを操作していた。

「思い出？　いや別に、乗合馬車にも個人的な思い出はないけれど。残念ながら」

「だからもっと最近で、何かこう、ちょっとだいじなひとこまみたいなの」

「馬車道で？」

「そう。忘れがたい個人的なトピックスよ」

「うーん。シロ教会のクリスマスミサはよかったな。商店街からは少し離れているけど」

「シロって」

「漢字で書くと『指』に、道路の『路』で、『指路』。旧約聖書でシロとはメシアを意味するらしい。救世主のことだ。設立されたのはこれも明治だから、古い教会なんだよね。震災で壊れたり、空襲で燃えたりしたけれど、修復されて今でも現役だ」

クリスマスミサ。なんていうロマンチックな響きだろう。ろうそくの灯りに照らし出される恵里香の横顔が脳裏に浮かび、千紗はくらくらした。それだ。

「千紗ちゃんも今度行ってみるといいわ」

いつの間にかトイレをすました志田が後ろに立っていた。

「パイプオルガンの音色がまた素敵なの。行くなら、とにかく寒い時期だから暖かくしてかなきゃダメよ。私もぶるぶるしてたけど、小谷くん、さんざん鼻水垂らしたあげく、ミサ曲の途中で大きなくしゃみして」

「ああ、言わないでください」

「しかも連発よね」

なんの話だろう。

「志田さんも一緒だったんですか」

「うん。あのときは編集長もいたわね。というか、行こう行こうと引っぱられてったの。一昨年になるのかしら。帰りにコンビニでワインやおつまみ買って、ここで暖まったのを覚えてる。編集長は酔っ払ってるくせに仕事を始めて、結局家には帰らなかった。翌日来たら、そこのソファーで寝てるんだもん。不摂生してるから病気にもなるのよ。まったくもう」

ロマンチックの欠片《かけら》もない話だ。メシアと名付けられた教会のクリスマスミサで、パイプオルガンの荘厳な音色と共に、何をやっているのか。断じて、恵里香の言う思い出とはそんなものじゃない。もっとおしゃれで、もっときらきらして、もっと綺麗に決まっている。そして恵里香が覚えていて、善正が忘れるというのもありえない。だからある。言えないだけか。言う気がないのか。心の奥底にしまいこんでいて、すぐには出てこないのか。

教えてよ。聞かせてよ。詰め寄りたかったが、時間時間と志田が言うので千紗は編集部をあとにした。

その志田とも重要文化財の前で別れ、今はひとりで歩く。

馬車道は短いので、脇目も振らずに歩いたらすぐに通り抜けてしまう。スマホの写真をチェックしながら歩みを進めた。道路を渡って反対側の歩道に行ってみたり、引き返して牛や馬のための水飲み場をのぞき込んだり、ベンチの形がわかるようスマホを低く構え、新たな写真も撮り直した。ここのベンチはよく見ると馬車をデザイン化している。座面を支える部分に特徴があるのだ。ベンチだけでなく、ガードレールの代わりに設けられているポールには、馬の頭の彫像がついている。

徹底してるなあと感心しながら、傍らの大きなショーウィンドウに目をやり、千紗は足を止めた。ガラスに「１８６６」と数字がある。その下にはアルファベットで「ＳＨＩＮＡＮＯＹＡ」。反射的に鞄の中から資料を取り出した。すぐにみつかる。信濃屋。慶応二年創業。店名は初代の出身地にちなんでつけられた。「１８６６」は西暦での創業年を表している。明治時代より前から開業していた由緒正しい洋品店だ。

「誰かと思ったらハマペコの。そうだよね」

声をかけられ顔を向けると男の人が立っていた。手にコンビニの袋を提げている。人なつこい笑顔に見覚えがあり、その人がひょいと指を差した方角を見て思い出した。近くにあるカフェのマスターだ。年明け早々、そこでドラマのロケが行われるとの情報が舞い込み、志田が色めき立った。俳優の名前を聞き、千紗も拝み倒してくっついていった。タウン誌の取材というのは名目で、ふたりの場合はミーハー以外の何ものでもない。

「ロケのときはありがとうございました」

「またいつでも来てよ。今日は散歩？　仕事？」

「馬車道商店街のイラストマップを描くことになったので、見学に来たんです」

「イラストマップか。いいねえ、うちも入れといてよ」

「もちろんです」

「よろしくね。信濃屋さんにも取材？」

見ているだけだと答えると、中も見せてもらえばいいのにと言われる。あわてて手を横に振った。

「まあね、横浜でも指折りの老舗だから、おれくらいのおっさんでも気後れするよ。びしっと一番いい服に着替えてこなきゃ、足を踏み入れることもできない。そういった風格のある高級店がさりげなく溶け込んでいるのもこの街のよさだよね。店を出せたことを光栄に思うよ。襟を正して頑張らないと」

マスターは襟のないラフなカットソー姿で肩に力を入れた。カフェを経営しているような人でも眩しげに眺める店とは、いったいいくらくらいの品物が置いてあるのだろう。見当も付かない。ショーウィンドウに飾られている花柄のワンピースはとてもエレガントだ。共に陳列されているバッグや帽子も上質なオーラを放っている。

自分には一生縁がなさそう。まるで千紗の心を読んだようにマスターが言った。

「君にはまだちょっと大人っぽいよね。でも君くらいの若い女の子が目の色を変える品も、ここでは扱っているんだよ」

なんだろう。

「文明開化の頃をイメージしたドレスだ。借りられるらしい。ここのお祭りではそういったドレスに身を包んだ女性がそぞろ歩き、馬車にも乗るんだよ。そりゃもう華やかで楽しいんだから」

「お祭り？　アイスクリームを配ったり、カツサンドの屋台が出たりするあれですか？」

「食べ物もあるけど女性の仮装も花を添える。君もどう？　みんなの注目を集め、きれいだのかわいいだのと持てはやされ、その日はまちがいなくスターになれる」

思いがけない話にとまどう千紗を見て、マスターはポケットからスマホを取り出した。人さし指をすいすい動かし、それを止めたところで画面を千紗に向けた。のぞき込むと、髪の毛を高々と結い上げ、赤や紫色のロングドレスをまとった若い女性たちが、はじけるような笑顔で写っていた。今どきの結婚式で見かけるような髪型でもドレスでもない。

「文明開化の頃？」

袖が丸く膨らみ、胸元にレースやリボンがふんだんにあしらわれ、ウエストがきゅっと締まっている。スカート部分は腰のあたりが後ろに出っ張っている。千紗が何度となく資料で見てきた開港当時の、欧米からやってきた女性たちの服装だ。

「こういうのを着て、さあ鹿鳴館に行きましょうという感じだよね」

千紗の脳裏にマスターのひと言が大きく響いた。ごく最近、その言葉を聞いた。

「鹿鳴館」

恵里香だ。馬車道の話をしたとき、鹿鳴館みたいなお祭りがあるところ、と言っていた。千紗にとってここのお祭りといえばアイスクリームと屋台だったので聞き流してしまった。

「他にも写真はありますか？」

千紗のリクエストに応え、マスターは十数枚の写真を見せてくれた。中にはドレス姿の女性が、本物の馬に引かれた馬車に乗っている場面もあった。聞けばお祭りの期間中、無料で馬車や人力車に乗れるイベントも催されるらしい。

「おしゃれで、きらきらして、綺麗」

これなら恵里香の思い出にふさわしい。


マスターにはよく礼を言い、千紗は急遽《きゅうきょ》ハマペコ編集部に向かった。早足で階段を上がっていくと、フロアには広告取りのシルバーエース海老原がいて、忘れ物かと驚かれた。善正は隣にある、ハマペコとは別の編集部で打ち合わせ中とのこと。ハマペコは毎週発行されるタウン誌だが、会社にはもうひとつ、社史編纂や自費出版、旅行のガイドブックなどを作っている部署がある。

忘れ物ではなく調べ物がしたいと言うと、海老原は「そう」とうなずき、自分の仕事に戻る。誰かにメールを書いていたらしい。千紗があたりをつけたのはこれまでの写真のデータが収録されたＤＶＤだ。マップ作りのさいに見せてもらったのは、志田のパソコンに入っていた画像であり、過去データのごくごく一部に過ぎない。編集部が管理しているのはもっと膨大なデータだ。

ＤＶＤは鍵の掛かったキャビネットにしまってあるので、ノックして隣のフロアに入り、善正に許可をもらった。鍵の在処《ありか》は編集長のデスクの引き出しの中。以前も一度、見させてもらったので操作はわかっていた。目当てのＤＶＤを取り出し、自分のパソコンにセットする。

馬車道は商店街主催の行事がいくつかあり、その中でも大きいものがふたつ。ひとつは「アイスクリームの日」である五月九日、この日の前後に青空市（マルシェ）が開かれる。

もうひとつは十月三十一日の「ガスの日」にちなみ、その日から文化の日の十一月三日まで、さまざまなイベントが開催される。

春は無料でアイスクリームが配られ、カフェのマスターによれば、秋は無料で馬車や人力車に乗れるらしい。日時が決まっているのでみんながみんな、もらえたり乗れたりするわけではないが、大勢の人が楽しむ恒例行事とのことだ。そして鹿鳴館風の衣装については春もあるらしく、アイスクリームを配っていたのはそういったドレス姿の女性だったとマスターは言う。でも馬車が登場するのは秋の方で、通り全体が開港時の横浜を再現して盛り上がるらしい。

千紗はデータの中から慎重に六年前のものを探し出した。高校時代の恵里香は家庭の事情もあり、お祭りを楽しむどころではなかっただろう。あり得るとしたら、大学に入ってから渡米までの数年間だ。

日付を頼りに写真を洗い出す。編集部としての取材目的もあるだろうが、滝井編集長ならば個人的興味からも撮影に出かけていると思う。数年前なら元気な時期だし、忙しさの合間をぬって教会のミサに行くくらいイベント好きだ。距離としても編集部から近い。個人的な写真をデータベースに入れているかどうかが心配だったが、春の祭りも秋の祭りも発見できた。艶やかなドレスをまとった女性の姿はやたらと多い。

半ばあきれていると、四年前の一枚に目が留まった。赤紫色のロングドレスに身を包んだ細身の女性だ。胸元に白いレースがあしらわれ、黒いリボンがアクセントになっている。いつもより化粧が濃く、髪型も結い上げた独特のスタイルなのでわかりにくかったが、笑顔を見せるアップの写真に思わず声が出た。

「やっぱり」

お人形のようにかわいらしい恵里香がそこにいた。四年前といえば、二十一歳の時だ。滝井編集長も美人と認識したようで、恵里香の写真ばかりが続く。友だちふたりと来たらしく、その子たちと並んで写っているのもあれば、腰を屈め、小さな女の子とピースサインをしながら収まっているのもある。

笑ったり、恥ずかしがったり、何かをじっとみつめていたり、表情のひとつひとつが魅力的だが、それに加え、衣装はあくまでもゴージャスな鹿鳴館風。例の旧正金銀行の前で撮った一枚など、建物の中で舞踏会が催されているとしか思えない。そこには着飾った紳士淑女が集い、シャンデリアの輝きにも負けない煌びやかなひとときを過しているのだ。

「よっちゃん」

打ち合わせを終えた善正が自分の席に戻ってきたのは気づいていた。いつの間にか海老原の姿はなく、帰ったのだろう。

「これ見て。よっちゃんってば」

編集部にいるのは自分と善正のふたりだけだ。だからと言ってぞんざいな口を利くつもりはなかったが、今は声を荒らげずにいられない。

しつこく呼ばれ、渋々という体で立ち上がった善正が千紗の元にやってくる。背後から画面をのぞく気配がしたところで、千紗は力を込めて指を差した。

「この恵里香ちゃん、覚えているでしょ。知ってるよね?」

「あーあ、これってもしかして」

「馬車道のお祭り」

「だね」

ゆるい反応だ。信じられない。

「私、聞いたでしょ。馬車道の思い出って何かないかって。どうしてこれを言わなかったの？」

「はあ？」

またしても千紗にとっては思いがけない声を出される。振り向いて善正の顔をうかがえば、眉を八の字に寄せて困惑しているように見える。

「よっちゃんは直接見てないの？」

「いや。見かけたよ。おれはこの日、焼きそばを売ってた。商店街の中華料理屋がパック詰めした焼きそばやらチャーハンやらを用意するんだ。春巻きもあったっけな。そういうのを屋台で売るアルバイトだ」

まるで懐かしい過去を語っているだけに聞こえる。

「恵里香ちゃんのドレス姿、覚えてはいるんだよね」

「うん。たしか、大学の友だちに誘われたと言ってた。その人の親が商店街の関係者で、前々からここのお祭りを知っててドレスを着てみたかったらしい。でもひとりじゃ勇気がなくて、友だちに声をかけたんだね」

そういう説明が聞きたいわけじゃない。

「どうかしたの、千紗ちゃん」

「前に恵里香ちゃんが話していたの。馬車道には思い出があるって。具体的には言わなかったから、今やっと写真をみつけてこれだとわかったとこ」

「そう」

短いひと言だが、善正の声にやっと重みみたいなものを感じ取る。

「他に何か言っていた?」

「うーんと……」

それこそ意味不明なことを、恵里香は独り言のように呟いていた。

(あの頃の私は何も考えていなかった。だから、ただただ面白がっていただけ。でも今なら、少しは自分と重なったりするの)

善正に伝えると、首をひねり考え込む顔になった。

「自分と重なる、か。どういう意味だろうね」

善正と千紗がみつめる画面の中で、恵里香は白い馬の引く馬車に乗っていた。誘導する係員も衛兵のコスチュームをまとっているので、クラシックな街角と相まって、うっとりするほど華やかに文明開化の時代を再現している。

「そういえば恵里香ちゃん、帰ってきてるんだよね。知ってる?」

今さらなことが千紗の口からひょいとこぼれる。

「ああ。二、三日前にメールが来たよ。それで明日、会う約束をした」

「明日」

千紗がばったり会ったのはほんの四日前だ。あのあとすぐにメールをして、そのうちいつかではなく具体的に日時を取り決めたらしい。恵里香は本気だ。本気で善正との付き合いを再開するつもりだ。

「よかったね。会いたかったでしょ？」

またしても言葉が勝手に出てくる。善正からの返事はなかったので恐る恐る振り向くと、冴えない顔で視線を宙に向けていた。馬車に乗る恵里香は柔らかな日差しを浴びて楽しげに微笑んでいるのに、その明るさとは裏腹に善正の表情は暗い。好きで好きでたまらない人にやっと会えるのだから、もっと嬉しそうにしててもいいのに。まして向こうから連絡をしてきたのだ。以前の善正だったら、千紗が噂話をするだけでそわそわしていた。高三の受験期は恵里香が受ける大学を知りたがった。ちがう学校になってしまったけれど、卒業してからも、そう、ニューヨークまで会いに行ったくせに。

糾弾してみたかったが、ためらうものがあり千紗も黙った。何を言っても始まらない。明日ふたりは明治時代よりも遠くに行ってしまう。

写真探しをして帰宅が遅れた。家に着いたときには母と弟の夕飯は終わっていた。

父の帰りはもう少し先になるようで、千紗は台所にあった鍋をのぞき込み、ブリ大根とわかるとコンロに火をつけた。豆腐の味噌汁も温めお椀《わん》によそう。ドラマを見終わった母がやってきて、遅かったわねと言いつつほうれん草のごま和えを用意してくれた。弟はこれにハッシュドポテトやウインナーを付けたらしいが、あとでおやつを食べることを計算して断った。

「バイトはあともう少しなんでしょ？　入学後の用意も考えなきゃダメよ」

「わかってる」

「容子叔母さんとデパート行く件は覚えてる？　ほしい物はだいたい決めといてね。でないと歩きまわって疲れるだけだから」

入学祝いに何か買ってくれるそうだが、一万円くらいの服と言われて悩んでいる。スカートもジャケットもデパートでは予算を超えてしまう。今どきはスニーカーでも厳しいくらいだ。

「せっかくだから長く使えるものがいいわね。少しくらいなら予算オーバーしても大丈夫だから」

「考えるよ。ちょっと待って」

叔母と言っても祖母の妹なのでほんとうは大叔母だ。息子がひとりいるだけなので昔から何くれとなく姪《めい》である母をかまう。大叔母から見れば千紗は姪の娘であり、恵里香は甥の娘だ。

「そういえばこの前、恵里香ちゃんの話が出たんだけどね」

空になったお茶碗を手に、もう半分ほどおかわりしようと思っていた千紗だったが、腰を上げることをやめて母の話を待つ。

「外国で働くってすごく難しいらしい。就労ビザを取るのが大変っていうくらいは知っていたんだけど、それがないと正社員じゃなくバイトとして稼ぐのもだめなんだって。ウェイトレスや皿洗いなら片言の日本人でもできそうでしょ。でもそういうのはアメリカ人にもできる。仕事にあぶれている人はたくさんいるから、外国人が奪ってはいけない、っていう理屈なのよ。日本食のレストランであっても、日本人のよく来るお土産屋さんであっても、日本人は雇ってもらえないみたいよ」

「うそ。ぜんぜんダメなの？」

「例外はたとえば専門職の人ね。とっても優秀なＩＴの技術者とか、アーティストとか、研究者とか。特別な才能があって、国籍を超えた仕事ができる人ならば働ける。それ以外は違法になるの。こっそり雇う人はいるかもしれないけど、バレれば捕まってしまう」

千紗自身は留学を考えたこともなく、親しい友人にもいなかったので、細かいところまでは知らなかった。言葉や風習のちがいを主なる不自由と捉えていた。

「でも恵里香ちゃんは仕事してるよね？　ニューヨークのギャラリーで働いてるって、この前ここで、そういう話をしたでしょ」

千紗がダイニングテーブルを指差すと、母は口を尖らせて肩で息をついた。

「容子叔母さんから聞いた話ね。叔母さんも詳しいことは知らなかったのよ。よくよく聞いてみれば、仕事と言っても研修という扱いなんだって。もらえるお給料もごくわずか。だから日本からの仕送りをずっと受けていたらしい。兄さんが出せるなら、まわりがとやかく言うことじゃないんだけど、恵里香ちゃんも二十代半ばになるものね。もう学生ではないし。いつまでも親がかりではと本人が思ったんじゃない？」

母の言う「兄さん」とは恵里香の父親だ。自動車メーカーに勤めている。千紗の父より高収入であることは察せられた。だからこそ、恵里香の留学資金も融通できたのだろうが。留学を終えて学生でなくなっても、仕送りを受け続けていたということか。

世の中には親の懐を頼ることに抵抗のない人もいると思う。当然の権利と考えている人もいるのかもしれない。けれど千紗の知る恵里香は独立心の薄い人ではなかった。自分の意志を持っていたし、縛られたり干渉されたりを嫌う性格でもあった。依存心が強く過干渉気味の母親とはうまくいかず、両親の離婚後は父との暮らしを選択した。

「恵里香ちゃん、どう思ったって言うの？」

「だから、向こうで働くために特別な技能を身につけたいと努力したかもしれないし、アメリカの市民権がほしいと考えたかもしれないし」

「市民権って、もらえるの？」

「手っ取り早いのは結婚ね。アメリカ人と結婚すればいいみたい」

千紗の脳裏に恵里香との会話が蘇った。彼氏はどうしたのかと尋ねたとき、恵里香は「向こうで結婚してアメリカ人になり、この先もずっとあそこで暮らしていくかどうか。悩んだり迷ったりして結局、帰ることに決めた」と答えたのだ。

仕送りを断り自活するには収入が必須だ。けれど外国人でいる限り、働き口を得るのは難しい。そのジレンマの解決法としてアメリカ人との結婚があり、恵里香の場合、相手は具体的にいたようだ。就きたい仕事に就けるという可能性もあったのだ。

あの言葉には重い選択がこめられていた。思えば恵里香が悩みうんぬんを口にすることは珍しい。もしかしたら初めてかもしれない。それだけ重大な岐路《きろ》に立たされ、悩んで悩んで出した結論が帰国だ。

今、彼女はどんな気持ちで就職活動に臨んでいるのか。その目に映る日本はどういう姿形をしているのだろう。ついさっき見たばかりの、華やかな写真がぼやけて小さくなる。胸が痛んだ。恵里香を案じる気持ちと、傷ついたであろう彼女に向ける善正の眼差しが、千紗の中でせめぎ合う。

翌日、イラストマップの試作品を描き上げ、千紗は午後になってからハマペコ編集部に顔を出した。善正の姿はなく、ホワイトボードには「午後休。出先から直帰」とだけあった。正しくは夕方からの休みで、家に帰るわけでもないだろう。恵里香に会うのだ。

志田がいたのでマップを見てもらうと、その場でスキャンして滝井編集長のパソコンに送信した。雑用をすませながら待つこと三十分。編集長から電話がかかってきた。

概ね《おおむ》OKとのことにほっと胸を撫で下ろす。あとは書き込みすぎているところの整理や、道端のオブジェについて、名前の書き方を統一するよう指示を受けた。ハマ子とペコ太の紹介も余白に入れることにする。

電話を切ってから修正案を自分なりに練っていると、志田と海老原のやりとりが聞こえてきた。最初は気にも留めていなかったが、途中から善正の名前が出て来て耳を傾ける。話の内容はどうやら四月以降の編集部についてだ。滝井編集長が復職し、善正は代理の任を解かれ元のヒラに戻る。千紗はそれしか考えていなかったが、そう簡単にはすまないらしい。

今のハマペコ編集部は、なんでも屋に近い隣の編集部と共にひとつ会社に収まっている。どちらも刊行ペースを落とさず続いているし、みんなの給料もちゃんと払われているので、今すぐどうのこうのという切羽詰まった状況ではないだろう。でも見通しが明るいわけではない。

滝井編集長が復帰すれば編集部の頭数が増える。前の人数に戻るわけだが、ひとり不在でもやってこれたなら、この先もできるのではないかと考える人もいる。主に考えるのは経営者であり、この場合は編集長その人だ。

「まさか、誰かが辞めさせられるんですか」

黙っていようと思ったが、ふたりの会話はいつまでたっても核心に触れない。業を煮やして口を挟んでしまった。千紗がいるのを知りつつ話していたので、聞かれてもしょうがないと思っていたのだろう。ふたりとも似たり寄ったりの困り顔になるだけだ。

「別にね、辞めさせられるわけじゃないのよ」

「でも」

立ち上がってふたりのもとに歩み寄る。

「ここにいるより、他所《よそ》に移った方が本人のためになるってこともあるんだから」

志田の言葉に海老原もうなずく。

「まだ若いからなあ。他所で揉まれて強くも大きくもなれる。本人次第だけどね」

千紗は唇を噛んでふたりを見比べた。どちらも他人事《ひとごと》のように言っている。誰のことかは明白だった。編集部にはもうひとり男性がいるが、引きこもり明けのリハビリ中。彼ではないだろう。

「よっちゃ……小谷さんが、ここから出されるんですか」

あまりにも理不尽だ。滝井編集長が倒れたとき、もっとも割の合わない貧乏くじを引かされたのは善正に他ならない。

彼の頑張りがあったからこそハマペコは今まで通りのペースで続けられたのに、編集長が元気になったとたん、いらないもののような扱いを受けるなんて。

「千紗ちゃん、ハマペコにずっといることが小谷くんのためになるのかしら。もしもそうなら、私だっていてほしいわ。一緒に働きたい。でもちがうなら、ちょっぴり寂しいけど我慢するしかないでしょ」

「我慢？」

「キャリアやスキルを磨くチャンスは、たびたび巡ってこないものよ。小谷くんのここ数ヵ月の頑張りを、一番よくわかっているのは編集長。評価を改め、彼の背中を押す側に回ったんだと思う。自分の片腕になってくれた方がラクできるのにね」

「心配しなくても、行き先があっての話だ。ひとまわりでもふたまわりでも、大きくなった姿を見せてほしいな。やるだけやってどうしてもイカンってなったら帰ってくればいい。そのときもハマペコがあるかどうかはわからないけど」

「海老原さん、なに言ってるんですか。頑張りましょう。ハマの文化もハマペコも私たちで守るんですよ」

志田が腰に手を当て胸をそらせたところで海老原が吹き出し、あたりの空気はぐっとゆるむ。千紗はそれにどう乗っていいものやら。善正がここにいられなくなるのはほんとうだろうか。次の就職先はあるのか。今よりもっときつくて苦しい職場ではないのか。本人はなんと言っているのか。ハマペコから離れたい気持ちがあるのか。もうすべて、決まってしまったことなのか。まだ決まっていないのか。

確かめるすべもなく仕事を終えての帰り道、千紗の足は関内駅ではなく、別の方角へと向かった。このところすっかり馴染みになった通りが見えてくる。日はすっかり暮れていた。深い闇の色に沈んだ町角に、眩《まばゆ》い白光が並んでいる。ガス灯だ。

きれいで強い、まるで星そのものの輝き。まばゆさに目を瞬きながら千紗がみつめていると、何か聞こえてきた。楽器の音色のようだ。近くの店から漏れてくるらしい。メロディをたどってみたが知らない曲。なのに懐かしい。ガス灯の光に音が溶け込んで、耳というより目に染みる。穏やかで優しくて、どこか物哀しくて。夜空の下で聴く音楽はみんなこんなふうに胸の奥に響くのだろうか。

いつの間にか潤んでいた目元を、指先でこすってから歩き出す。ゆっくり慎重に。ふつうに歩けばすぐに終わってしまう。馬車道の通りは長くないのだから。ほんとうは好きな速さでいつまでも歩いていたかった。どこまでも続いていればいいのに。

もしも道が長々と延びていれば、そこにいる人たちも変わらず歩いていける。恵里香は恵里香のまま、複雑な家庭の事情があってなお多くの物事に恵まれた、千紗の憧れの存在として。アメリカ留学だってさすがとしか言いようがなかった。なんて似つかわしいと唸らされた。英語を自由自在に使いこなし、ニューヨークのしゃれたオフィスで潑剌《はつらつ》と働く姿を、好きなだけ思い浮かべていた。

そんな彼女に出会った善正は、他の女性に脇目も振らず、一途な思いを抱き続ける。いつも心に浮かぶのは恵里香ひとり。遠く離れても揺らぐことなく、ハマペコというタウン誌を作りながら熱い気持ちを注ぐ。

そのはずだった。千紗は立ち止まる。細い道路を挟んで、旧正金銀行の真向かいまで来ていた。ここから先、道は分かれる。永遠に続く一本道はなく、必ずどこかで枝分かれする。まっすぐ行くか、左に曲がるか、右に曲がるか、引き返すか。誰もが無数の岐路に立ち、考えたり、考えなかったりしながら、次の道を選び取る。そんなことに今まで気がつかなかったとは。なんて子どもだったのだろう。

多くの美点を兼ね備えた恵里香を見るたびに、コンプレックスを刺激されて羨んでいたけれど、同時に勝手な色分けをしていた。恵まれている人には敵わない。特別なんだから仕方ない。あきらめと開き直り。そうではないとわかったときショックを受けたのは、特別な人とレッテルを貼った方が、自分にとってラクだったからだ。恵里香みたいな人でも苦労するとは思いたくなかった。

再びガス灯を見上げる。光が強すぎて目をそらすと、向かいの歩道に人影があった。こちらを見ている。向こうは暗がりなので見えにくいが、こちらはガス灯の下なので顔がわかったのだろうか。人影がひょいと片手を上げる。車が通ってないのを確かめてから道路を渡ってくる。

姿形がはっきり見えて驚いた。

「よっちゃん、どうして」

「千紗ちゃんこそ、こんなところにぼんやり突っ立って。誰かと思ったよ」

「恵里香ちゃんは？　一緒でしょ？　今日、会ってるんだよね」

善正はひとりきりのようだが、恵里香は用事があって今いないだけかもしれない。

「会ったよ。横浜駅の近くでね。その帰り。なんとなく馬車道の通りが歩いてみたくなって、地下鉄の駅で降りた」

ちらりと視線を向ける先にはたしかに駅がある。地下なので降り口の階段が設置されている。

「千紗ちゃんは？　落とし物でもしたの？」

「ちがうよ！」

そんな、ふつうの声と顔で、いつもみたいに気軽に話しかけないでほしい。ふたりが何時にどこで会い、どんな時間を過ごしているのか、考えないようにしていた。こここしばらくの善正の中途半端な言動からして、想像しにくかったというのもあるけれど。

「恵里香ちゃんはなんて？」

肩をそびやかし詰め寄ると、善正は気圧されて後ずさる。

「なんてって。まあまあ元気そうだったよ。就活中だからあちこち出歩いて、いろんな人に会い、忙しくしてるみたいだ」

「アメリカのこと、何か言ってた？」

「うーん。そうだねえ」

「向こうで就職するのって大変なんでしょ。この前お母さんに聞いた。私ぜんぜん知らなくて、恵里香ちゃんはもっと自由に伸び伸びと向こうの暮らしに馴染んでいると思ってた」

善正は眉根をきゅっと寄せた後、言葉を選ぶようにして言う。

「彼女にしても思った以上に馴染むのは難しかったようだ。向こうではアジア人という差別も受けたらしい」

「恵里香ちゃんが？」

差別を受ける側になったということか。

「アメリカにいると自分はよそ者、得体の知れない異邦人なのだと言っていた。有色人種として露骨に蔑《さげす》まれることもあるし、有色人種同士の嫉妬《しっと》や足の引っ張り合いもある」

「そんな……」

「付き合っている相手もいたようだけど、まわりからうまいことやっただの、男あさりの甲斐があっただの言われ、内心こたえているところにもってきて相手の浮気がわかり、それでもどうしようかと迷う自分に、やっと踏ん切りが付いたと言っていた。市民権獲得のため、打算ずくの結婚をしようとしている自分を、もうごまかせなくなったって」

とてもストレートな告白だ。内容にも驚くが、なぜ善正にしたのかと戸惑う。

「機会があったら千紗ちゃんにも伝えてほしいと言われたんだ」

「私に？」

「年下の従姉妹の前ではついついカッコつけたくなるんだって。いつも涼しい顔をして、にっこり微笑んでいるような素敵なお姉さんでいたいんだと。残念ながら、今はそうじゃない。もう少しナチュラルに格好が付けられるよう頑張るから、待っててほしいってさ。なんだろうね、それ」

軽い口調になる善正を見て、千紗はまたしてもわからなくなる。

「今の話を、恵里香ちゃんはなんでよっちゃんに言うのかな。よっちゃんもどうしてふつうに聞けるの？　アメリカに結婚を考える恋人がいたって話だよ」

「それはたぶん、彼女と自分がこの先もずっと、交わることのない道の上にいるとわかっているからかな。最初からそうだったのか、どこかで分かれてしまったのか。いずれにしても残念に思えないくらいに離れているよ。彼女の方もね。だから就職活動の話をするのと同じトーンでアメリカのことを話すんだ」

道という言葉を喩えに出され、千紗は手にしていた鞄の取っ手を握りしめた。ついさっき、自分も道の分かれ目について考えていた。善正の話からすると、初めから一緒に歩いていない道もあるのか。どこかで分かれたきり、離れたままの場合もあるらしい。

善正と恵里香が寄り添い仲むつまじそうにしていたら、目を閉じ耳をふさぎ全力で逃げ出したいのに、ふたりが疎遠になっているかと思うと心に冷たい風が吹き抜ける。恵里香のような人でも挫折を味わうのかと、ショックを受けたのと通じるものがある。物事は自分が思うよりずっと複雑に出来ているらしい。

　気がついたら下を向いていた。小さく息をついてから顔を上げると、白く眩しい光が目に入る。昼間の明るさがすっかりなくなった夜道をガスの灯《ともしび》が照らし出す。

「そういえば思い出については、千紗ちゃんの言ったとおりだったよ。ここで、鹿鳴館風のドレスをまとい、馬車に乗った日のことが今でも強く残っているらしい」

「あの言葉は？　ほら、昔は何も考えていなかったけど、今なら少しは自分と重なったりするって、恵里香ちゃん、そんなことを呟いていたんだよね。よっちゃんにも話したでしょ。私には意味がぜんぜんわからなくて」

「あれはつまり、自分と何が重なるか、だよね。あのお祭りのとき、彼女はアメリカ人やフランス人、イギリス人、そういった外国から来た女性のことを思い浮かべていたんじゃないかな。そういう人になりきって、馬車の上から町並みを眺めていた」

　ただただ面白がって、だ。本人の言葉にあった。

「でも今、楽しいことばかりではなかったアメリカでの経験があり、その自分と、明治時代、遠い異国からやって来た女性たちが彼女の中で重なった」

　千紗たち親子とは異なり、善正は日本人が外国で生計を立てる難しさを知っていたのだろう。だから恵里香のもらした言葉に、察するものがあった。

「昔々、ここに来た人たちも、今の恵里香ちゃんと似たような気持ちを味わったりしたってこと？」

「うん。何ヵ月にもわたる航海の果てに、やっとたどり着いた初めての国だ。見るものの聞くものすべてが珍しく驚きの連続で刺激には満ちていただろう。でも言葉はわからない。湿度の高さは半端ない。気候も食べ物もおそらく合わなかった。何より自分たちはよそ者だ。好奇な目で見られるだけでなく、忌み嫌う視線が注がれているのも感じ取っていただろう。もういやだ、帰りたいと泣きたくなる日はいっぱいあったと思うよ」

千紗はお祭りの写真だけでなく、これまで何度となく眺めた百年以上も昔の写真を思い浮かべた。

元町通りを歩いてる洋装の外国人、山手の西洋風公園で日傘を差している婦人、根岸の競馬場に集う紳士淑女、桟橋につけられた船から下りてくる人々。スーツに身を包んだ男性もたっぷりとしたロングドレス姿の女性も、文明をもたらす側としての自信にあふれているように見えた。それこそ羽根飾りのついた扇をぱたぱたとあおぎながら、社交の花を咲かせていたイメージ。競馬場だけでなくテニスコートも整備させて、女性たちも試合に興じた。アイスクリームやシュークリームを楽しんだのも彼ら、彼女らだ。

優雅で強い立場としか思わなかったけれど、それはあくまでも日本人の目線。慣れない異国暮らしとなれば、疲労も失望もあっておかしくないし、眠れぬ夜を過ごす人もいただろう。おいそれとは帰れない距離だ。出発するにあたり希望も志もあったにちがいない。覚悟もあったはず。でも揺れる心は制御しきれない。

昔の人もガス灯の灯りをみつめ、どこからか漏れ聞こえる音楽に耳を傾けたりしただろうか。光の中に会いたい人の姿、懐かしい家並みを浮かべることがあっただろうか。

「よそ者って哀しい言葉だね」

千紗が口にすると、すぐさま善正が言った。

「みんなよそ者だよ。国や土地に限らない。学校も会社も、入ったときはみんなよそから来た人間なんだ。前からいる人たちの話はわかりにくく、風習もちがう。覚えなければならないことだらけ。何をするにも教えを請わなきゃいけない。疎外感を味わって、馴染めなかったらどうしようと不安にかられる。だからさ」

「うん」

「新しく来た人を端《はな》から拒絶しない場所、少しでも親切に接することのできる場所が、いい場所だとおれは思うんだ」

みんな、よそ者。胸の中で反芻《はんすう》してから千紗はここ数ヵ月を振り返った。

「私もそうだね。ハマペコの配布エリアがほんとうの横浜で、戸塚では同じ横浜市民と言うのも申し訳ない感じ。引け目みたいなのがあったの。でも編集部のみんなも町の人たちも優しかったよ。元町のマダムもビストロのシェフも伊勢佐木町の大旦那さんも」

「結局はひとりひとりの人柄によってしまうけど、千紗ちゃん、横浜は開港が決まるまで、ほんの百戸足らずの小さな村だったと、前にも言ったよね」

千紗はうなずく。百五十年前までは横浜村と呼ばれていた。

「その人たちの子孫がいたとしてもごくわずか。横浜の住民はほぼすべて、開港を機に移り住んできた人たちだ。先祖代々、生まれ育った人はほとんどいない。つまりここは、よそ者が作り上げた街なんだよ。だから新しく入ってきた人に対して、これからもずっと開かれた街であってほしいと思う」

海を渡り、はるばる訪れた外国人だけでなく、日本人も故郷から離れ、文明開化という新しい時代の到来に合わせてやってきた。異郷の人だらけだったのだ。

「少し歩こうか。寒い？」

「ううん。大丈夫。今日はわりと暖かいよね」

桜の開花がニュースで流れ始める頃だ。冷え込む夜もあるけれど、今日は幸い、立ち話が苦でないくらいに気温が高い。

善正のあとに続いて千紗も歩き出す。関内とは逆の方角だ。港に向かうらしい。旧正金銀行の前を通り越すとき、ちらりと振り返り、ガス灯に別れを告げた。地下鉄が下を通っている大通りを渡る。左手に横浜第二合同庁舎が見えてきた。戦前まで生糸の検査所だった建物だ。そこも通り過ぎると視界が開け、万国橋に出た。渡った先は埋め立て地で、赤レンガ倉庫やワールドポーターズという商業施設が建ち並ぶ。

橋の真ん中まで来ると善正が足を止めた。千紗も立ち止まり、欄干《らんかん》へと歩み寄った。目の前に見えるのはランドマークタワーだ。七十階建てのタワーがすっくと聳え立っている。主にオフィス階とホテルの客室で構成されているので、照明の灯った窓が無数に並ぶ。まわりのビル群も同じように窓辺は明るく、右端に見えるのは大きな観覧車。どれもが水面に照り映え、あたりが白むほどまばゆい。

今の横浜を象徴する眺めだ。未来に向かって伸びゆく港町。エリア名として「みなとみらい21」と名付けられた。大震災や戦争によって壊滅的な被害を受けても、見渡す限りの焼け野原から復興した。担い手になったのは先祖伝来の土地を守ろうとする人々ではなく、希望の灯を絶やすことなく持ち続け、未来を信じた人たちなのだろう。

「きれいだね。近未来って感じ。これからもっと発展するのかな」

「これからは人の心がもっと充実すればいいと思うよ。きれいな眺めがコンクリートの塊だけにならないように」

巨大な都市が抱える矛盾や歪み、すでに始まっている腐敗や崩壊を善正は言っている。食い止めるのも改善していくのも今を生きる者の務め。どこかで誰もがバトンタッチされている。

千紗はうなずき、体の向きを変えた。海は見えなかったけれど、かわりに細かく輝く星をみつけた。思わず指を差す。

「ねえ、見て。あの星は今も昔もあの方角に見えたんだね」

善正の口元がほころぶ。眼鏡の奥の双眸が細くなる。

今は隣にいる。同じ道の上に立っている。でも先のことはわからない。たとえ距離ができてしまっても、今日この日の眺めだけは忘れずにいようと千紗は思った。

三月いっぱいで馬車道のマップを完成させると、ささやかなお別れ会をファミレスでやってもらい、千紗はハマペコ編集部でのバイトを終えた。マップの出来を褒めてもらい、イラストの仕事だけはメールで指示を受けつつ続けられる可能性が出てきた。実現しても自宅作業になるので編集部に通うことはなくなる。

その編集部には五月から滝井編集長が復帰し、もろもろの引き継ぎを終えたのち、五月いっぱいで善正は退職する。まさに入れ替わりだ。善正の新しい勤務先は千紗も知る出版社だった。志田たちの言ったとおり、編集者としてのスキルを磨くチャンスに恵まれたらしい。やる気のある若手編集者はいないかと相談され、滝井編集長が善正を推薦したという。

恵里香については母が教えてくれた。川崎にある観光案内所で、海外からの旅行客に応対する仕事に就いたそうだ。英語力を活かして、外国から日本に来てまごついている人たちの相談に乗るらしい。川崎と言えばお勧めする観光スポットはやはり川崎大師だろうか。大師名物くず餅の食べ方を聞かれたりするのだろうか。

まごついているのは観光客だけじゃない。千紗は新しく入学した大学のキャンパスで迷子になりかけ、教室の場所がわからなくなり、教授の名前をまちがえ、何度か口をきいた学生とはぐれたきり巡り合えず、勧誘されたサークルのチラシもなくしてしまった。

慣れる日は来るのだろうか。ため息まじりに空を見上げると青空に白い雲が浮かんでいた。ソメイヨシノの花びらが春風に乗って舞い上がる。横浜の外国人墓地を思い出す。港の見える丘公園も根岸森林公園も山下公園も、花の盛りを迎えている頃だろう。

しばらく行かないつもりだったが、この日だけはとカレンダーに印を付けている日がある。馬車道商店街が開催するアイスクリームの日のイベントだ。

五月なので善正はまだハマペコ編集部の人間だ。取材に来るだろうか。そもそも家が近くなので会おうと思えば会えるのだけれど、今までだってたまたま出くわすなんてことはなかった。善正の行動パターンはまったく読めない。新しい職場に合わせて都内でのひとり暮らしを始めるとも聞いた。そうなったらますます会いにくくなる。善正の足も横浜から遠のくにちがいない。

「無料のアイスクリームが食べたいだけよ」

カレンダーの印を見ながらの独り言だ。心密かに狙うのは例の、鹿鳴館風ドレス。私も着てみたいと送別会のファミレスで言うと、それなら横浜の観光親善大使になればいいと海老原がアドバイスをくれた。春と秋に行われる馬車道商店街のお祭りに、ドレスアップして参加するのが恒例とのこと。大喜びでその気になっていると、横から志田が、あれは「ミス横浜」みたいなものだからと、千紗を眺めまわして苦笑いを浮かべたのは痛恨の極みだ。

「待ってろよ、横浜（観光親善大使）」

あと一、二年で容姿端麗に進化するかもしれない。

みなとのみらいは誰にとっても明るいものでありますように。

キャンパスで立ち止まっていると名前を呼ばれた。振り向くと新しい友だちが手を振っている。駆け出しながら高校時代の友だちの顔がよぎった。菜々美にリコ。彼女たちも新しい環境で、いっぱいまごついているだろう。私もだよと、千紗は心の中でみんなに伝えた。

この作品は、二〇一七年六月に小社より単行本として刊行されました。
この作品はフィクションであり、実在する個人や団体などとは一切関係ありません。

|著者| 大崎 梢　東京都生まれ。神奈川県在住。元書店員。書店で起こる小さな謎を描いた『配達あかずきん』で、2006年にデビュー。主な著書に『だいじな本のみつけ方』『よっつ屋根の下』『宝の地図をみつけたら』『本バスめぐりん。』『彼方のゴールド』などがある。

横濱《よこはま》エトランゼ

大崎《おおさき》 梢《こずえ》

2020年3月13日第1刷発行
2020年4月3日第2刷発行

発行者——渡瀬昌彦
発行所——株式会社 講談社
東京都文京区音羽2-12-21 〒112-8001
電話 出版 (03) 5395-3510
　　 販売 (03) 5395-5817
　　 業務 (03) 5395-3615

Printed in Japan

講談社文庫
定価はカバーに表示してあります

デザイン—菊地信義
本文データ制作—講談社デジタル製作
印刷———豊国印刷株式会社
製本———株式会社国宝社

ISBN978-4-06-518790-6

講談社文庫刊行の辞

二十一世紀の到来を目睫に望みながら、われわれはいま、人類史上かつて例を見ない巨大な転換期をむかえようとしている。

世界も、日本も、激動の予兆に対する期待とおののきを内に蔵して、未知の時代に歩み入ろうとしている。このときにあたり、創業の人野間清治の「ナショナル・エデュケイター」への志を現代に甦らせようと意図して、われわれはここに古今の文芸作品はいうまでもなく、ひろく人文・社会・自然の諸科学から東西の名著を網羅する、新しい綜合文庫の発刊を決意した。

激動の転換期はまた断絶の時代である。われわれは戦後二十五年間の出版文化のありかたへの深い反省をこめて、この断絶の時代にあえて人間的な持続を求めようとする。いたずらに浮薄な商業主義のあだ花を追い求めることなく、長期にわたって良書に生命をあたえようとつとめるところにしか、今後の出版文化の真の繁栄はあり得ないと信じるからである。

同時にわれわれはこの綜合文庫の刊行を通じて、人文・社会・自然の諸科学が、結局人間の学にほかならないことを立証しようと願っている。かつて知識とは、「汝自身を知る」ことにつきていた。現代社会の瑣末な情報の氾濫のなかから、力強い知識の源泉を掘り起し、技術文明のただなかに、生きた人間の姿を復活させること。それこそわれわれの切なる希求である。

われわれは権威に盲従せず、俗流に媚びることなく、渾然一体となって日本の「草の根」をかたちづくる若く新しい世代の人々に、心をこめてこの新しい綜合文庫をおくり届けたい。それは知識の泉であるとともに感受性のふるさとであり、もっとも有機的に組織され、社会に開かれた万人のための大学をめざしている。大方の支援と協力を衷心より切望してやまない。

一九七一年七月

野間省一

〈論語集注・朱熹集註〉

論語義疏

市川安司

〈程子遺書〉

近思録

貝塚茂樹

人物中国の歴史をよむ

浅野裕一

人物中国の歴史

三浦國雄

王安石 人と事件

〈ながれゆく〉

湯浅邦弘

兵法三十六計 (一)

〈よみがえる〉

浅野裕一

の哲学

百冊の本で中国を読む

井波律子